AF295360

Det här är en fiktiv historia. Alla karaktärer och händelser är påhittade och alla eventuella likheter med nu levande personer är en tillfällighet.

Jennifer Berglund

MIN TID
ÄR DU

Omslag: Jennifer Berglund och Oskar Berglund
Förlag: BoD – Books on Demand, Stockholm, Sverige
Tryck: BoD – Books on Demand, Norderstedt, Tyskland
ISBN: 978-91-8027-917-8

Till
alla mina fantastiska barnmorskekollegor

Kapitel 1

"Grattis på födelsedagen!"

Mammas glada ansikte dyker upp på skärmen medan hon sätter händerna framför munnen och låtsas blåsa en fanfar på en trumpet.

Klara lutar sig framåt i soffan medan hon sväljer och sväljer. Varför ringde hon inte ett vanligt samtal istället för video? Det är mycket lättare att dölja ljudet av tårar som brister. Nu syns de istället. Till tydlig beskådan rinner de i en strid ström från ögonen och visar upp hennes skam, att hon inte kan förmå sig att vara glad över att ha blivit ett år äldre. Men året som gått är bara ännu ett år av ensamhet som förflutit och som tagit henne ännu längre bort från livet hon egentligen skulle vilja ha.

"Men lilla älskling, gråter du? Så illa sjöng jag väl ändå inte?" Mamma rör händerna mot skärmen. Alltid mån om att försöka trösta. Trots att Klara är vuxen – dagen till ära trettiosju år – och inte längre borde behöva en mjuk hand över kinden för att torka tårarna. Det borde istället vara hon som får ikläda sig rollen som den starka trygga vuxna som tröstar och skänker lugn.

"Det är ingen fara. Lite åldersnoja antar jag. Det får man väl ha i min ålder? Jag vill minnas att du slutade fylla år någonstans runt fyrtio."

Klara rycker på axlarna som om åldersnojan vore ett kul litet skämt och tvingar upp mungiporna till något som möjligtvis skulle kunna tolkas som ett leende.

"Du sjöng jättefint", fortsätter hon och torkar snabbt bort tårarna. "Men du borde nog hålla dig till födelsedagssånger och kanske inte söka till Idol."

Hennes mamma ler och verkar ana sig till att hon inte bör dröja kvar för länge vid födelsedagsprat. Istället börjar hon berätta om den nya soffan hon funderar på att köpa.

Trots att Klara anstränger sig för att humma på alla de rätta ställena har hon svårt att koncentrera sig på samtalet.

Hon vill inte belasta mamma med tankarna som känns extra tunga just idag. Tankarna på att hon skulle bli en ung mamma, det var så planen sett ut så länge hon kan minnas. Nu rinner åren istället iväg som sand mellan fingrarna medan hon desperat försöker hålla fast dem. Tvinga dem att sakta ner tills hon är redo att bli äldre.

"Du mamma, jag vill inte avbryta dig, men jag måste lägga på nu. Dejten du vet."

"Men jösses, här sitter jag och babblar på när du vill göra dig i ordning. Hoppas att du får en riktigt trevlig kväll. Och att den här dejten blir bättre än den förra. Jag har en bra magkänsla inför den här. Det blir nog jättebra ska du se."

Mamma vinkar och Klara ser sin egen hand kopiera gesten i den lilla rutan längst ner i hörnet.

Hon trycker bort samtalet och blir sittande i vardagsrumssoffan, stirrandes mot den tomma tv-skärmen på väggen framför henne, trots att hon faktiskt borde gå och fixa sig inför kvällens dejt.

Istället dyker en annan födelsedag upp i minnet, från ett år när födelsedagar fortfarande var något roligt. Något som var värt att fira. När Jonas överraskade henne med en hotellövernattning och en fin middag i Stockholm. Den kända tv-kocken som kom fram till deras bord för att småprata om maten och chokladpralinerna i asken på den mjuka hotellsängen.

Jonas gillade att skämma bort henne och på den tiden njöt hon av det, av det hon trodde var hans sätt att visa att han älskade henne. Nu för tiden grumlas minnena allt mer av tvivel. Ville han verkligen visa sin uppskattning för henne eller ville han bara att något skulle hända? Allting som bröt vardagens lunk gav Jonas en kick. Var det egentligen sig själv han skämde bort? Med henne som täckmantel?

Men baktankar eller inte baktankar, med Jonas var det åtminstone roligt att fira sin födelsedag. Hon var så ung när de träffades och kände sig ännu yngre. Allting var fortfarande möjligt och låg framför henne. Ingenting höll på att rinna ur händerna.

Att bli lämnad är aldrig kul och att bli lämnad precis när hon trodde att allting äntligen fallit på plats var ännu värre. I radhuset i den perfekta och lugna orten några mil utanför Uppsala bor nu istället ett annat par, som kanske är just så lyckliga som Klara trodde att hon och Jonas var.

Signaturerna bredvid varandra på köpeskildringen kändes så stort och obrytbart och signalerade att nu var det de två mot världen. Känslan av att äntligen ha hittat hem infann sig direkt. Delvis i huset, med sina vackra höga fönster och den uppväxta trädgården som bara väntade på att få förse dem med frukt och grönsaker, men mest i Jonas. Han som hon trodde älskade henne precis för den hon var och som delade alla hennes drömmar. Men istället för den lyckligaste tiden i livet blev det den värsta.

Kapitel 2

Klara möter sin egen blick i hissens spegel och rättar till luggen innan hon fäster den blå skylten på bussarongens krage. Barnmorska. Den står i gäll kontrast mot de vita sjukhuskläderna, men matchar desto bättre med det mörkblå pennfacket i bröstfickan. Nu är förvandlingen från den vanliga privatpersonen Klara till barnmorskan Klara komplett.

Det känns på ett sätt skönt att få kliva ur sig själv en stund. Det finns många fördelar med att vara Barnmorskan istället för bara Klara. Att få ikläda sig en professionell roll, där hennes egna bekymmer får ta ett steg bakåt och göra plats för omvårdnaden av andra. Den perfekta miljön för att förtränga gårdagen. På avdelningen finns det inga födelsedagar och inga dåliga dejter.

Hissdörren öppnas på plan två – BB:s våning. Plastkortet glider lätt genom den lilla dosan på väggen mittemot. De tunga ståldörrarna öppnas med ett lågt surrande och den typiska oparfymerade och sterila sjukhusdoften slår emot henne. I början förknippade hon lukten med något dåligt, med sjukdom. Men numera känns lukten snarare trygg och signalerar vardag istället för fara. Det finns ett lugn i blandningen av desinficeringsmedel och rena lakan istället för den påträngande doften av parfym.

Inne på avdelningen är ljuset fortfarande dämpat och anpassat efter nattens krav på mörker. Men det kommer det snart bli ändring på. Nu börjar dagpersonalen anlända och med dem det oförsonliga dagsljuset. Att nattpersonalen inte har slagit på dagsbelysningen än indikerar att det antingen varit en så lugn natt att de glömt av ren lättja eller att det tvärtom har varit en så stressig natt att ingen hunnit tända lamporna än. Det är nästan alltid alternativ nummer två.

Golvets grå plastmatta gnisslar under fötterna när Klara går den vanliga rundan. Första stoppet är omklädningsrummet för att lämna väskan. Det är högst oklart varför det trånga lilla rummet fyllt med små plåtskåp kallas för omklädningsrum då det är strängt förbjudet att byta om där. Alla ska byta om i omklädningsrummet längst ner i kulverten innan de stämplar in på avdelningen. Nästa stopp är personalrummet där hon trycker in matlådan i det redan proppfulla kylskåpet. När hon stänger kylskåpsdörren svajar tornet av kvarglömda matlådor där bredvid oroväckande.

Inne på koordinatorexpeditionen är det fortfarande tomt. Klara pumpar automatiskt ut en pöl handsprit i handen och gnuggar minutiöst ut det över händernas alla skrymslen och vrår. Vid det här laget skulle det vara svårare att slarva och inte göra hela proceduren än vad det är att se till att varje hudflik träffas av vätskan.

Hon fortsätter längre in i rummet och kastar en blick ut genom fönstret, där solens strålar lyser upp det avlånga rosa slottet som står på sin upphöjda position på toppen av Slottsbacken. Trots att Uppsala slott är långt ifrån något sagoslott med tinnar och torn har det ändå ett rejält och respektingivande utseende. Dessutom anas toppen av Domkyrkans höga spiror där bakom och utgör en fin kontrast till slottets rundade former. De som jobbar på slottet och istället har Akademiska sjukhuset som utsikt har inte lika tur. Trots att det är ett av Sveriges största sjukhus kan de omaka byggnaderna definitivt inte beskrivas som pampiga.

Klara sliter blicken från utsikten, sätter sig på en av pallarna som står längs med väggarna och vänder istället uppmärksamheten mot den stora skärmen som hänger på väggen framför henne.

För en utomstående skulle det mest se ut som ett kaos helt utan mening, med siffror, färger och förkortningar i en salig röra. Men för henne, som tittat på den så gott som varje dag de senaste året, kunde det inte vara mer glasklart vid det här laget. Hon själv ska utgöra team två tillsammans med undersköterskan

Malin idag. Deras sju salar är fullbelagda, vilket innebär att de tillsammans ska ansvara för fjorton patienter. Sju kvinnor med sju nyfödda bebisar.

Blicken glider över tavlan i jakt på de åtråvärda gröna raderna som visar var det finns en ledig sal. Bara tre stycken gröna rader syns på tavlan idag. Det knyter sig i magen. Tre lediga salar betyder att förlossningen inte kommer kunna skicka upp nattens nyförlösta i den takt som de skulle behöva. Vilket i sin tur innebär att personalen här uppe på BB kommer ha piskan i ryggen hela dagen. Hur många kan skrivas ut och hur fort?

Ögonen känns grusiga och tankarna tröga. Hur ska hon orka med ett stressigt jobbpass efter att knappt ha sovit någonting alls i natt? Självklart ville inte den deprimerande känslan efter den misslyckade dejten släppa taget utan intensifierades istället till regelrätta katastroftankar ju längre natten fortskred.

När hon fortfarande var vaken, tre och en halv timme innan väckarklockan skulle ringa, var det inte långt ifrån att hon började googla på var i Uppsala det finns ett katthem att adoptera katter ifrån. Varför vänta till ålderns höst med att bli en galen kattkvinna när hon lika gärna kan börja nu?

Rummet fylls sakta och i takt med att kollegorna tar plats i fåtöljerna och på pallarna runt omkring stiger ljudnivån.

Klara rycker till när någon sätter sig på pallen bredvid hennes.

Hon vrider på huvudet och ett par händer med långa smala fingrar kommer in i synfältet. Blodådrorna syns tydligt under den ljusa huden och får full poäng. Som barnmorska är det helt omöjligt att inte notera kvalitén på folks blodkärl så fort tillfälle bjuds. Fina, rejäla och därmed även lättstuckna är bästa möjliga betyg.

Hon tittar upp och möter Adams isblå ögon. Adam började jobba som undersköterska på avdelningen bara några månader innan hon själv började som barnmorska.

”Varför envisas du med att sitta här och gömma dig?” frågar Adam.

Klara himlar med ögonen. Visserligen står hennes pall strategiskt placerad i ett hörn, men att hon skulle gömma sig är att ta i.

Adam ler så att skrattgropen i kinden blir synlig medan han drar handen genom det blonda håret som lockar sig längst ut i topparna. Han tittar ut genom fönstret och leendet blir ännu större.

"Vilken morgon! Klockan är inte ens sju och det är redan strålande sol ute."

"Mm…"

"Wow, här var det visst glada miner idag. Finns det någon speciell anledning till ditt solskenshumör och de där tjusiga påsarna under ögonen?"

Klaras ögon smalnar.

"Så illa är det inte."

"Jo, faktiskt." Adam puttar henne lekfullt med armbågen i sidan. "Berätta nu för farbror Adam vad som tynger dig."

Det rycker ofrivilligt i mungiporna. Adam har alltid haft en förmåga att få henne på bättre humör. Tydligen är retsamhet i kombination med aldrig sinande entusiasm precis det hon behöver.

"Om du prompt måste veta det var jag på en dejt igår."

Adam håller upp ett finger i luften.

"Ah, låt mig gissa. Den gick fantastiskt bra och du låg vaken och planerade ert framtida bröllop hela natten."

"Ungefär så. Eller raka motsatsen. Jag tänker radera den där jäkla dejting-appen. Känner du till någon trevlig katt som behöver adopteras?"

Adam frustar.

"Så bra alltså? Men visst vet du att det inte är någon brådska?"

"Ingen brådska? Jag fyllde trettiosju igår!" Hennes röst stiger några oktav i slutet och Adam ser ut att kämpa för att hålla tillbaka ett leende. "Bara för att du själv kan välja och vraka bland lämpliga kandidater betyder inte det att vi alla har samma tur."

Som den enda manliga undersköterskan på inte bara BB, utan hela kvinnokliniken, är orden inte överdrivna. Adam har inga problem att hitta nya tjejer att dejta.

Adam rycker på axlarna.

"Jag är alldeles för ung för att binda mig. Trettiotvå är ingen ålder. Speciellt inte om man jämför med trettiosju."

Hans breda leende är omöjligt att motstå och Klara ler medan hon skakar på huvudet.

Trots att Adam skämtar har han en poäng. Trettiotvå känns ungefär lika långt bort som tonåren för henne och eftersom Adam dessutom inte behöver ta med en sjunkande fertilitet i beräkningen har han faktiskt ingenting att vara stressad över.

"Äsch, nu går vi och gör lite nytta", säger Klara och reser sig.

Kapitel 3

Brummandet från mikrovågsugnen blandas med kakafonin av röster i fikarummet. Idag blev det sen lunch och dörren öppnas ideligen av kvällspersonalen som ska lämna matlådorna i kylskåpet innan deras pass börjar.

"Eller hur! Det slutade med att jag gick därifrån innan vi ens hunnit få huvudrätten. Någon måtta får det väl ändå vara", avslutar Malin med ilsken röst.

Klara tittar upp från matlådan med köttfärssås och spagetti och låter gaffeln vila mot glaskanten. Hon är tydligen inte den enda som varit på en dålig dejt i helgen.

De andra runt bordet skakar deltagande på huvudet men sitter annars tysta. Det suger till i magen. Nu har hon en perfekt chans att delta i samtalet och dela något om sitt eget liv med kollegorna.

Fingrarnas grepp om gaffeln hårdnar, hon harklar sig och öppnar munnen.

Just då börjar barnmorskan Agneta prata.

"Du gjorde verkligen rätt som gick därifrån. Ibland är jag väldigt tacksam över att vara gift. Men har jag berättat vad Lasse gjorde när vi var på semester i Grekland förra året? Då var skilsmässan nära", säger Agneta.

Det känns som att luften pyser ur kroppen och greppet runt gaffeln slappnar av. Hon missade chansen. Som vanligt hann någon byta samtalsämne innan hon hann berätta om sin egna dåliga dejt igår. Varför händer det alltid? Kan det vara så att hennes uppfattning om hur lång en samtalspaus ska vara innan nästa person börjar prata skiljer sig från andras?

Klara stoppar snabbt in några spagettistrån i munnen och vänder blicken ner i matlådan. Var det någon som såg att hon tänkt säga något?

Maten smakar med ens papper när hon tuggar extra hårt för att distrahera tankarna från kollegornas samtal. Klumpen i magen växer.

Så länge hon kan minnas har det varit svårt att få ett ord med i samtalet i gruppsituationer och känna att hon hör till gruppen. Antingen sitter hon tyst och lyssnar utan att ens tänka på att det kanske vore på sin plats att bidra till samtalet eller så sitter hon med en färdigformulerad mening i huvudet som aldrig hinner komma ut innan samtalet har bytt riktning.

Ofta när hon ska prata i gruppsammanhang uppstår samma känsla som inför en redovisning i skolan, som om hon står på en stor scen och ska hålla ett viktigt anförande istället för att bara berätta en struntsak för några kollegor. Känslan av att behöva prestera och att orden måste vara perfekta. Som om det viktiga är hur hennes ord tas emot och inte vad hon faktiskt vill säga.

Redan tidigt i uppväxten verkade alla runt omkring känna sig nödgade att påpeka att hon måste ta för sig mer. Att prestationerna på läxförhören och proven i skolan var oklanderliga var tydligen inte tillräckligt om hon inte också kunde räcka upp handen och svara på frågorna inför klassen. Att det i själva verket var de vuxna som skapade problemet genom att tjata verkade aldrig slå dem. Kanske hade hon inte haft några problem med att räcka upp handen och prata om hon inte hela tiden fått höra att hon var en sådan person som inte gjorde sådant. Som var för blyg. Och blygsel var självklart en dålig egenskap.

Men när hon var yngre gick det ändå an. Då var blygseln något som alla räknade med skulle växa bort. Även hon själv trodde och hoppades att det skulle bli lättare med åren. Det är väl det alla brukar säga? Att de känner sig mer säkra på sig själva och vågar vara allt mer frispråkiga ju äldre de blir.

Så blev det inte för henne. Den blyga och introverta sidan som gör det svårt att ta plats i gruppsammanhang visade sig istället vara ett personlighetsdrag som hon aldrig riktigt lyckats överbrygga eller skaka av sig.

Klara skrapar med gaffeln mot matlådans botten för att fånga upp de sista spagettistråna. Lika envisa som alltid klamrar de sig fast mot glaset. Kanske borde hon ta en kopp te och sedan göra ett nytt försök att komma med i kollegornas samtal?

Just som det heta vattnet från kaffemaskinen börjar strila ner i koppen skär ett högt pipande ljud genom rummet. Allas huvuden vrids automatiskt mot displayen ovanför dörren samtidigt som de flyger upp från stolarna, som i en perfekt koreograferad dans. Vid akutlarm kan varje sekunds fördröjning vara skillnaden mellan liv och död.

Klara lämnar koppen och når fram till dörren först. De röda digitala siffrorna visar att larmet kommer från barnrondsrummet, som också är deras akutrum. Det knyter sig i magen. Ett larm därifrån kan bara betyda en sak – en bebis som mår dåligt.

Klara springer ut i korridoren, med sina kollegor tätt bakom sig och tar sikte på trädörren några meter bort. När hon drar upp dörren och vänder blicken mot barnbordet ökar pulsen ytterligare. En av undersköterskorna står böjd över en liten slapp kropp. Bredvid står barnets mamma och tittar ner på sin nyfödda bebis med uppspärrade ögon och bakom henne står barnets pappa med tårar på kinderna.

Klara drar efter andan. Det är föräldraparet från sal nio, en av hennes salar. Hon kliver in i rummet medan informationen snurrar i huvudet. Pojken föddes för bara några timmar sedan och var tagen redan vid födseln. Han hade återhämtat sig fint nere på förlossningen, men ser nu ut att ha slutat andas igen.

Undersköterskan vänder sig mot Klara.

"Jag har påbörjat hjärt- och lungräddning och larmat neo-teamet."

"Bra. Jag tar över inblåsningarna."

Klara tar emot andningsmasken och placerar den över det lilla ansiktet medan undersköterskan istället sätter två fingrar på pojkens bröstkorg.

Medan Klara ser till att få in luft i lungorna genom masken hjälper undersköterskan hjärtat att pumpa runt blodet i kroppen.

Runt omkring dem jobbar kollegorna för att underlätta för dem, men Klara ser bara pojken framför sig. Ansiktet som har tappat all sin tidigare rosiga färg och armarna som ligger slappt utmed kroppen.

En blick på monitorn framför henne berättar att syresättningen fortfarande är alldeles för låg.

Snälla, snälla, snälla.

Hon fortsätter envist hålla takten och efter ytterligare några sekunder börjar mätaren långsamt ticka uppåt.

Just som neo-teamet rustar in i rummet spänns den lilla kroppen och ett skrik hörs under masken samtidigt som hudfärgen sakta återgår till en normal hudton.

"Åh, tack och lov!" Pappans skrovliga röst dränks nästan av ljudet från hans frus snyftningar.

Klara tar ett steg bakåt på vingliga ben och lämnar över till kollegorna från neo, som börjar förbereda den nu skrikande gossen på att få komma ner till neonatalavdelningen för att kunna övervakas och undersökas.

Hon vänder sig mot de skräckslagna föräldrarna för att trösta och lugna.

Kapitel 4

"Har natten varit okej?" Klara viker upp ärmarna på den vita bussarongen och ännu ett jobbpass tar sin början. Det stärkta tyget stannar uppe utan problem och påminner nu lite mer om ett klädesplagg än ett tält, men att nederkanten slutar en bra bit ner på låren är det svårt att göra något åt.

Hon plockar upp ett av rapportbladen som ligger i en prydlig hög på skrivbordet och börjar skumma igenom informationen om patienterna hon ska ha hand om på dagens pass. Tack och lov har natten varit fri från grubblerier på dåliga dejter och huvudet känns betydligt klarare idag än på gårdagens pass.

Rapportbladet är uppdaterat och informationen ser ut att stämma bra. Som vanligt när Agneta jobbar är det ordning och reda. Det känns skönt att kunna ta över det fullbelagda vårdlaget, med en mamma och en bebis på varje sal, utan att behöva oroa sig över att hälften av arbetsuppgifterna från natten fortfarande ska vara ogjorda.

Att skrivbordet dessutom är städat från diverse papper och kvarglömda kaffekoppar som ingen längre vill kännas vid är ett extra plus. Det tycks finnas ett ständigt flöde av småprylar som aldrig riktigt hittar sin plats på expeditionen. På skrivbordet mittemot trängs skrivblock med post-it-lappar och olika dokument på hur avdelningens rutiner ser ut. Men trots överflödet av grejer är det nästan alltid omöjligt att hitta en fungerande penna när man behöver den.

Det är tur att hon alltid har med sig sina egna i fodralet som sticker upp ur tröjans ficka. Blyertspennan, överstrykningspennan, låna-ut-till-föräldrarna-pennan och den flerfärgade pennan. Just den flerfärgade pennan är livsfarlig att låna ut till kollegor eller patienter. Tydligen är hon inte ensam om att vilja färgkoordinera att-göra-listorna.

"Jo tack, det har varit en ganska bra natt faktiskt."

Agneta släpper datorskärmen med blicken och stryker det svarta håret bakom de lika svarta glasögonbågarna. Med sin korta pagefrisyr är hon en av de få som kan ha utsläppt hår på jobbet. Klaras egna blonda hår är uppsatt i en stram tofs i nacken.

"Så jag tror att ni också kommer få det okej. Fast å andra sidan går det fort i hockey."

"Hockey och barnafödande", ler Klara och sätter sig på en av kontorsstolarna och rullar fram till Agnetas plats bakom datorn.

"Då ska vi se. Du och Malin skulle vara team två idag också, va?" säger Agneta.

"Det stämmer bra. Du har stenkoll som vanligt hör jag. Vad skulle vi göra utan dig?" hörs en glad stämma från dörröppningen när Malin kliver in på expeditionen.

"Stället skulle falla i bitar inom en vecka", säger Agneta medan Malin rullar fram sin stol och plockar upp ett rapportblad.

Malin slänger en blick på pappret och borstar samtidigt bort en ostyrig lock som slitit sig loss från hästsvansen hon försökt tämja det i. Malins röda lockiga hår är lika otyglat som hennes personlighet. Ibland vore det så mycket lättare om Klara kunde vara mer som Malin, som aldrig har några problem med att göra sin röst hörd. Och alla som träffar Malin tycker genast om henne. Till skillnad från Klara som istället lätt framstår som reserverad och otillgänglig när hon träffar nya människor eller försöker umgås i gruppsammanhang, trots att det inte alls är hennes mening.

Malin verkar räkna alla på avdelningen som sina vänner och är alltid snabb på att erbjuda alltifrån tröstande ord till en improviserad uppiggande nackmassage.

En rysning av obehag fortplantar sig genom Klaras kropp vid tanken på att ställa sig bakom Agneta och börja bearbeta hennes nackmuskler. Och då hör Agneta ändå till de få som Klara faktiskt betraktar nästan som en av sina vänner, eller i alla fall nära bekanta, och som hon har lättare att prata avslappnat med. Agneta, Adam och möjligtvis Malin.

"Klara?"

Hastigt tystnar de surrande tankarna och Klara vänder uppmärksamheten till Agneta.

"Malin sa just att ni känner patienterna på det här vårdlaget från igår? Familjen på sal åtta åkte hem sent igår kväll, så den är tom. Men det kommer snart upp en familj från förlossningen. Jag skrev in dem på rapportbladet, men jag vet inte mycket mer än det som står. Och på sal tio var de tvungna att lägga en gravid patient, för gravidsalarna är fulla", berättar Agneta.

Klara tittar ner på pappret i handen där den viktigaste informationen om dagens patienter finns samlad i små rutor. Det värmer i hjärtat att se att familjen från sal nio är tillbaka på BB efter övervakning på neonatalen och att pojken nu verkar må bra.

"Det stämmer bra. Vi hade alla utom sal tio i går."

"Perfekt. Det är alltså Hanna som är gravid i vecka tjugoåtta. Hon blev inlagd i natt med blödningar som startat i samband med ett toalettbesök sent i går kväll. Blödningen var till en början färsk, men efter att hon fått Cyklokapron har det avstannat. Jag körde en CTG-kurva i natt som visade att barnets hjärtljud var normala och att Hanna inte hade några sammandragningar. Hennes graviditet startade med hjälp av IVF och har fram tills nu varit normal, men hon har haft mycket problem med illamående och har varit nedstämd på grund av detta."

Agneta tar en paus för att ögna igenom anteckningarna hon gjort på sitt rapportblad. "Jag tror att det var allt. Du får väl vänta och se vad läkarna säger på ronden, men jag gissar att hon blir kvar åtminstone tills i morgon för observation."

Klara nickar. "Det låter rimligt. Du kan väl bara dra igenom lite snabbt om vad som hänt med resten av patienterna under natten, så ska du få gå hem och sova sedan."

Efter att ha vinkat iväg Agneta och läst igenom journalerna går Klara mot sal tio. Om några minuter kommer läkarna och vill ronda och då gäller det att ha hunnit få en uppfattning om patienternas mående och vad som kommer behöva göras under dagen.

Det ilar till i magen. Snart kommer någon av neonatalläkarna upp för att ronda barnen. Undrar vem det är idag? Det skulle kunna vara Rikard som får lämna de för tidigt födda bebisarna för att komma upp och ge bebisarna på BB deras första ordentliga undersökning i det nya livet.

Men hoppet blir kortvarigt. Som dittrollad av Klaras tankar kommer en barnläkare gåendes mot henne i korridoren. Fel barnläkare.

Han stannar mitt emot henne.

"Vill du komma och ronda dina barn innan jag börjar undersöka dem?"

"Absolut! Jag ska bara gå in till en patient lite snabbt så kommer jag bort till dig sedan." Klara ler trots att besvikelsen bränner i magen. I morgon kanske.

"Tipp topp." Barnläkaren fortsätter i riktning mot barnrondsrummet medan Klara går åt andra hållet.

Hon hinner inte ta många steg innan Tina kommer gåendes med snabba kliv. Trots att Tina numera är avdelningschef och inte har några patienter som väntar verkar hennes fötter fortfarande inställda på att gå i samma hastighet som när hon jobbade på golvet som barnmorska.

"God morgon, Klara. Visst minns du att vi ska ha medarbetarsamtal idag?"

"Jadå, klockan två. När jag har lämnat över till kvällspersonalen."

Tina gör tummen upp.

De skiljs åt och Klara stannar utanför salsdörren med siffran tio på väggen bredvid dörrkarmen. Hon knackar innan hon tar tag i det svala metallhandtaget och drar upp dörren. Hoppas att kvinnan på rummet, Klara slänger en snabb blick på rapportbladet – Hanna – är vaken. En av de värsta sakerna med att jobba dagpass är att behöva väcka de gravida kvinnorna eller de nyblivna föräldrarna som egentligen behöver all sömn de kan få när de väl lyckats somna. Men dagens lista på göromål är alltid allt för lång för att någon sådan hänsyn ska kunna tas.

Trots att hon vet att hon måste väcka Hanna om hon sover smyger Klara försiktigt förbi handfatet och hyllan med plasthandskar och förkläden till den stora stålramsförsedda sängen blir synlig.

Hanna sitter lyckligtvis redan på sängkanten och smuttar på en kopp te. Hon ser ut att ha varit vaken ett bra tag. Hon har redan hunnit bäddat sängen, är fullt påklädd i sina egna kläder istället för den vita patientskjortan och morgonsolen lyser upp rummet från fönstret där persiennerna är uppdragna.

"God morgon. Jag heter Klara och jobbar som barnmorska idag. Hur har natten varit? Har du kunnat få någon sömn?"

Hanna drar handen framför ansiktet.

"Nja, någon timme kanske. Det är alltid så svårt att sova på nya ställen. Och speciellt när man är orolig." Ögonen fylls med tårar.

"Jag förstår det. Det måste ha varit en omtumlande natt." Klaras blick går till den utfällbara sängen mittemot Hannas sjukhussäng. Den gapar tom, men lakanen är skrynkliga. "Har du haft din partner eller någon annan anhörig här som stöd?"

"Min sambo var här, men han var tvungen att åka till jobbet för någon timme sedan. Det var väl okej? Borde jag ringa tillbaka honom?" Hannas hand rör sig över sängbordet i riktning mot telefonen.

"Nej, det är inte nödvändigt i nuläget. Det är ett bra tecken att blödningen avstannat. Eller har det kommit någon mer blödning nu på morgonen?"

"Nej, det har det inte."

Trots att det borde vara något positivt snyftar Hanna till.

"Jag förstår att du är orolig, men det är ganska vanligt att få en mindre, helt ofarlig blödning, under graviditeten", säger Klara och lägger en tröstande hand på Hannas axel.

Hanna snörvlar.

"Jag vet ju det egentligen. Alla här har försäkrat mig om det flera gånger sedan jag kom hit. Det är bara jag som är fånig. Sitta här och böla som en småunge."

"Du är absolut inte fånig. Långt ifrån. En blödning under graviditeten gör alla rädda och oroliga. Men baserat på det vi vet just nu verkar både du och bebisen må bra", säger Klara med mjuk röst.

Hanna är verkligen långt ifrån fånig som oroar sig. En blödning är läskig. Det är Klara allt för medveten om.

"Det är mitt fel."

Viskningen är så tyst att Klara måste luta sig fram för att höra. Hon rynkar pannan.

"Vad menar du nu? Vad är det som är ditt fel?"

Hanna har blicken stint fäst på händerna som övergett tekoppen och nu är formade till hårda knytnävar vilandes på hennes lår.

"Blödningen är mitt fel. Jag önskade det."

"Jag är fortfarande inte riktigt säker på att jag förstår vad du menar. Vill du förklara?"

"Jag hoppades att jag skulle få missfall." Orden kommer allt snabbare ur Hannas mun, i takt med att bekännelsen kläs i ord. "Inte nu såklart, men tidigare i graviditet när jag mådde så illa att det kändes som att jag hellre skulle vilja dö än genomlida ännu en dag kräkandes i sängen utan att kunna behålla någon mat överhuvudtaget."

Hon tittar upp och möter Klaras blick.

"Det har bara varit så himla mycket. Först en hel IVF-karusell med så mycket kämpande, så mycket tårar och ångest. Vara fast i en existentiell kris utan att veta när eller om jag någonsin skulle komma därifrån. Så när illamåendet kom smygandes välkomnade jag det. Det var en ständig påminnelse om att jag var gravid, att det var på riktigt."

Tårarna svämmar över och droppar ner på den svarta gravidtröjan.

"Men sedan blev det bara värre och värre, som ett konstant mörkt täcke. Att inte ha någon ork till något alls. Hela min vardag gick åt till att få i mig mat som jag sedan ändå kräktes upp. Alla sa att det snart skulle gå över, men det gjorde det inte. Det bara fortsatte. Så jag började hoppas på att blöda. På att få ett missfall. Vad som helst som kunde ta mig bort från det helvete jag befann mig i." Hanna avbryter sig. Hela kroppen skakar av gråt och det verkar omöjligt att fortsätta prata.

Klara stryker sakta handen över hennes rygg. När Hannas hulkande gråt övergått till enstaka snyftningar har Klara hunnit blinka bort sina egna tårar. Hon möter stadigt Hannas blick. Försöker inskärpa sin medkänsla i den.

"Det finns absolut ingen möjlighet att framkalla varken en blödning eller ett missfall med tankekraft."

Klara väntar tills Hanna rör huvudet i en mikroskopisk nickning innan hon fortsätter.

"Det är jättebra att du berättar och är öppen med dina känslor. Försök att bara acceptera att de finns där. Det är okej att hata sin graviditet och att vara arg på den. Det betyder inte att du är arg på din bebis. Förstår du vad jag menar när jag säger så?"

Hannas nickning är nu lite mer övertygande. "Jag tror det. Det är inte bebisens fel att jag mår såhär utan graviditetens och jag måste försöka separera de två." Hon avslutar med ett försiktigt leende.

Klara besvarar leendet.

"Just precis. Lätt för mig att säga, va? Som står här utanför allt och mår toppen."

Hannas leende blir bredare.

"Lite så. Men jag förstår vad du menar och ska verkligen försöka ta till mig dina ord. Tack."

"Jag finns här hela dagen. Bara ring på klockan om du vill prata mer."

När Klara vänder sig om i dörröppningen sitter Hanna tillbakalutad mot kuddarna med ett litet leende på läpparna medan ena handen mjukt smeker magens rundning.

Kapitel 5

"Lika punktlig som alltid." Tina tittar upp från pappret hon just signerat och gör en inbjudande gest mot stolen på andra sidan det stökiga skrivbordet, där papper, datorskärmar och diverse skrivtillbehör trängs i en salig blandning. "Har du någonsin varit försenad till något?"

Det kliar i fingrarna att rätta till en penna som sticker ut över skrivbordets kant. Klara kilar in händerna mellan de korsade benen och gör sitt bästa för att ignorera pennan.

"Inte vad jag kan minnas", säger Klara och drar på munnen. "Möjligtvis något tandläkarbesök på högstadiet."

Tina skrattar.

"Det ante mig." Tina samlar ihop några papper som ligger utspridda framför henne på skrivbordet och lägger dem åt sidan till förmån för pappret med underlaget till medarbetarsamtalet som Klara fått fylla i på förhand och lämna in. "Jaha, Klara, då sitter vi här igen. Herregud, vad fort tiden går. Var det verkligen ett helt år sedan vi satt här och hade anställningsintervju?"

"Helt orimligt. Det känns mer som att det var ett par månader sedan", svarar Klara.

"Verkligen. Men nu är det alltså dags för medarbetarsamtal. Jag brukar göra så att vi går igenom dina svar och har ett samtal utifrån det. Vad tror du om det?"

"Det låter bra."

Tina ögnar igenom första sidan och tittar sedan upp.

"Enligt vad jag kan utläsa här verkar du trivas bra på avdelningen och jag ser också att du har lämnat några små förbättringsförslag på hur vi skulle kunna uppdatera rapportbladen. Det tackar jag för. All feedback från er som är där ute och jobbar i skarpt läge är värdefull."

Klara nickar.

"Jag ser också att du är nöjd med både mig och din gruppchef. Är du även nöjd med din egen position på jobbet just nu?" Tina möter frågande Klaras blick.

"Ja, jag tycker att allt känns bra. Jag trivs här på avdelningen och tycker att jag växer i min roll som barnmorska varje dag. Så inga klagomål från min sida."

"Du längtar inte efter en förändring? Kanske andra arbetsuppgifter?"

Klara rynkar pannan. Vad menar Tina? Självklart vill hon inte ha någon förändring. Det är en ynnest att få jobba på BB, där andras troligtvis största och mest omvälvande händelse i livet är hennes vardag. Där hela livet vänds upp och ner och samtidigt faller på plats.

Tina försöker väl inte hinta om att någon annan arbetsplats, med andra arbetsuppgifter, vore bättre lämpad för henne?

"Nej, absolut inte. Jag älskar att jobba här."

"Du behöver inte låta så nervös. Jag ser när du jobbar hur mycket du uppskattar ditt yrke. Men anledningen till att jag frågar är att Gunilla, som du vet, snart ska sluta. Det betyder att vi kommer behöva en ny gruppchef till hösten. Visst var det väl så att vi diskuterade redan på din anställningsintervju att du skulle kunna vara intresserad av den typen av position?"

Det suger till i magen. Att bli befordrad till gruppchef skulle dels innebära bättre arbetstider och färre helgpass, vilket vore fantastiskt bara det. Men det är också en möjlighet att få kombinera sin passion för allting som har med organisering att göra med jobbet ute på avdelningen. Det vore rena drömmen.

Klara lutar sig framåt på stolen. "Jag är verkligen intresserad!"

"Jag vet att du inte hunnit jobba här så länge, men jag ser mycket potential i dig och du står högt upp på min lista över lämpliga kandidater för tjänsten. Men det finns ett problem. Jag har inte kunnat undgå att lägga märke till att du oftast håller dig

på din egen kant, en smula avskärmad från de andra i personal-
gruppen, om du förstår vad jag menar? Självklart kan jag inte
tvinga dig att bli mer social om du inte vill. Men för att kunna få
jobbet som gruppchef behöver jag se att du kan få kontakt med
dina kollegor, vinna deras förtroende och visa ledaregenskaper."

Klara pressar ihop läpparna. Självklart måste Tina be henne
om just det som hon alltid haft problem med. Hur ska hon kun-
na ändra sin personlighet på bara några månader när hon varit
introvert så länge hon kan minnas? Dessutom är det inte lätt att
flytta till ett annat fack när man väl blivit placerat i ett – både
av sig själv och i sina kollegors ögon. Fast hon måste försöka. På
något sätt ska det gå. En position som gruppchef kanske är precis
den morot hon behöver för att kunna pusha sig själv lite extra
och våga ta för sig mer i arbetsgruppen.

"Jag förstår vad du menar. Jag ska göra mitt bästa för att visa
att jag verkligen vill det här och att jag skulle klara av jobbet",
försäkrar Klara.

"Så ska det låta!" säger Tina uppmuntrande. "Då ser jag fram
emot att få följa dina framsteg."

Hon lägger ifrån sig pappret med underlaget till medarbetar-
samtalet.

"Vill du passa på att ta upp något annat? Annars är vi klara
nu."

"Inget jag kan komma på."

"Visst jobbar du dagpass imorgon också?"

Klara nickar och reser sig upp.

"Då ses vi då. Du kan lämna dörren öppen när du går."

Tankarna på att det finns en möjlighet att bli gruppchef till hös-
ten fortsätter snurra i huvudet medan Klara går förbi linneförrådet
och hämtar nya kläder till morgondagens jobbpass och fortsätter
ut i hisshallen. Hon får inte låta den här möjligheten försvinna
utan att ha gjort sitt absolut bästa för att visa Tina att hon borde få
tjänsten. Undrar vem som annars skulle vara en tänkbar kandidat?
Trots att det är många som arbetar på BB är det långt ifrån alla som
önskar avancera till gruppchef och ta på sig ännu mer ansvar än
vad jobbet som barnmorska redan innebär.

Innanför avdelningens glasväggar marscherar någon förbi med bestämda steg. Klara hinner precis skymta det korta gråa håret och de runda glasögonen som inte kan tillhöra någon annan än Eva. Avdelningens paragrafryttare som konstant klagar på något och som alltid tror att hon vet bäst.

Hjärtat sjunker i bröstet. Trots att Eva inte är den mest omtyckta barnmorskan på avdelningen har hon onekligen många eftertraktade ledaregenskaper och hon kan definitivt peka med hela handen när det behövs. Att hon gör det på ett extremt burdust och bossigt sätt som ingen gillar kanske inte spelar så stor roll så länge hon får jobbet gjort.

Hissdörren öppnas med ett plingande och Klara kliver in.

Två saker känns med ens självklara. Det första är att Eva utan tvivel kommer vilja ha positionen som gruppchef, eller snarare kräva den. Och det andra är att Eva absolut inte får bli gruppchef.

Kapitel 6

Telefonen ringer med gäll signal. Klara fiskar upp den ur den stora fickan på framsidan av bussarongen samtidigt som hon slänger en blick på klockan som hänger över dörröppningen inne på expeditionen. Kvart över nio. Det borde vara dagens barnläkare som ringer för att berätta att hen är på plats och vill ronda.

"BB, Klara barnmorska." Hälsningsfrasen kommer automatiskt när hon håller upp luren mot örat. Så sent som förra veckan svarade hon samma sak när hennes mamma ringde på mobilen.

"God morgon, Klara! Är du redo för att komma och ronda?" säger en mansröst i telefonen.

Klara drar efter andan och besvikelsen från gårdagens barnrond försvinner som i ett trollslag.

Idag är det är han. Rikard.

Ingen av de andra barnläkarna har en lika varm och mjuk röst som han. Den där rösten som får bebisar att lugna ner sig, föräldrar att lita blint på honom med sina ögonstenar och kollegorna att avguda honom. Ingen av de andra neoläkarna som kommer upp och rondar på BB är ens i närheten av att vara lika omtyckta som Rikard. Att han dessutom är en av de skickligaste läkarna på hela kvinnokliniken gör inte saken sämre. När Rikard ger en ordination gör alla som han säger utan att behöva dubbelkolla eller ifrågasätta. Möjligtvis med undantag av Eva.

Fötterna skuttar i princip ut från expeditionen i riktning mot barnrondsrummet medan tusen tankar hinner processas i huvudet.

En bild från julfesten i vintras far förbi på näthinnan av henne själv ståendes vid garderoben i slutet av kvällen i väntan på att få sin jacka. Rikard som kommer dit och ställer sig bredvid henne vid luckan. Den kyliga vinden som blåser in från dörren som står öppen ut mot den snötäckta gatan. Rikards varma hand mot hennes betydligt svalare arm. Han som skrattande säger att personalen i garderoben borde skynda sig innan hon hinner frysa ihjäl. När hon log tillbaka gnistrade något till i hans ögon medan han sakta böjde sig ner mot henne. Hjärtat som bestämde sig för att sluta slå. Men om han hade tänkt kyssa henne eller inte kommer hon aldrig få veta. Garderobspersonalen kom tillbaka med hennes jacka över armen precis då och ögonblicket var förbi. De skildes åt med en nickning innan hon på darriga ben klev ut i vinternatten.

Sedan dess har de bara träffats några enstaka gånger och då alltid i sällskap av andra kollegor eller föräldrar till bebisarna som Rikard kommit för att undersöka.

Fram tills nu.

Klara tar ett djupt andetag och kliver in i barnrondsrummet efter en snabb förvarnande knackning på dörren.

Blicken stannar först vid barnbordet med de många skärmarna, slangarna och andra instrument som behövs för att kunna hjälpa bebisar som inte mår bra. Det är som om hjärnan måste dubbelkolla att det inte finns något barn här som behöver akut hjälp innan den kan uppmärksamma mannen som sitter vid skrivbordet med den bärbara datorn uppfälld och skriver koncentrerat. Trots att han sitter ner syns det tydligt hur lång den smala kroppen är. Rikard är med god marginal den längsta av alla som jobbar på kvinnokliniken. Det svarta håret ligger välfriserat på plats och när han tittar upp och möter hennes blick strålar de nougatbruna ögonen.

Klara drar efter andan. Barnrondsrummet är alltid extra varmt på grund av värmelampan som sitter över barnbordet och gör att bebisarna inte behöver frysa, men idag måste det ha blivit något fel på termostaten. Kinderna hettar och tungan behöver upprepade gånger fukta de torra läpparna.

I vanliga fall brukar hon passa på att sätta sig ner och vila fötterna samtidigt som hon berättar om dagens patienter, men den enda lediga stolen står bara någon meter från Rikards plats bakom skrivbordet och känns otänkbar att sätta sig på. Samtidigt kan hon inte bara stå här mitt på golvet heller. Var brukar hon egentligen göra av händerna när hon står? Hon lutar sig mot väggen i vad som förhoppningsvis ser ut som en lagom avslappnad pose.

Rikard tittar upp från datorskärmen.

"Hej Klara! Vad bra att du kunde komma så fort. Är allt bra med dig?"

"Det är bara bra. Tackar som frågar. Hur står det till själv?" Men snälla någon. 1800-talet ringde och ville ha sitt språk tillbaka.

Rikard drar på munnen.

"Jo tack, det står bra till. Trevligt att göra er bekantskap denna vackra morgon."

"Tack detsamma, herrn." Klara knixar och låtsas lyfta på en lång kjol.

Rikards varma skratt fyller rummet och Klara ler brett.

Hon lyckades följa med i hans skämt utan att något blev konstigt eller stelt. Det är något med Rikards lugna framtoning som gör att det känns tryggt att våga lite mer än hon vanligtvis brukar göra med personer hon inte känner.

"Jaha, ska vi kanske ta och sparka igång den här ronden då? Hur många barn har du som ska undersökas idag?"

Klara slår på autopiloten och betar snabbt av sin lista innan hon vänder om för att gå ut genom dörren igen. När hon lägger handen mot träet och precis ska putta upp den hörs Rikards röst bakom ryggen:

"Det var *verkligen* trevligt att göra er bekantskap idag."

Klara vänder sig om och ler innan hon öppnar dörren och fortsätter ut i korridoren. Där hon bokstavligt talat krockar ihop med Adam. Han rätar upp henne och håller henne på armlängds avstånd.

"Easy tiger. Om du vill ha en kram behöver du bara fråga."

Han skrattar och släpper taget när Klaras fötter åter är tryggt förankrade i golvets plastmatta.

"Det skulle vara något, va. Då skulle vi verkligen ge Eva något att skvallra om. För att inte tala om patienterna."

"Äsch, de njuter alla av en lugn frukost ackompanjerat av förlamande trötthet och ilskna bebisskrik inne på sina salar just nu." Adam flinar och fortsätter: "På tal om frukost börjar det väl bli dags för rast? Om vi går nu kanske vi hinner prata i alla fall två sekunder innan Eva kommer och jagar upp mig. Det är lika trevligt som vanligt att dela vårdlag med henne, om du undrar."

Han tystnar och granskar hennes ansikte.

"Är allting okej? Du ser lite ... uppskruvad ut?"

Uppskruvad är bara förnamnet. Hjärtat slår som besatt i bröstkorgen. Vad var det egentligen som hände nyss? Hon fick äntligen träffa Rikard igen. Och visst flirtade han väl lite? Eller är det bara hon som är så svältfödd på att ha kemi med en man att hon övertolkar deras skämtsamma meningsutbyte och läser in något som egentligen inte fanns där?

Klara vänder snabbt bort blicken och börjar gå i riktning mot personalrummet.

"Jag förstår inte vad du pratar om. Kom nu, innan du har slösat bort dina två minuter av frihet på att stå i korridoren och hänga."

Kapitel 7

"Vad bra att så många av er kunde komma. Jag vet att det kan vara svårt att komma iväg efter att ha lämnat över till kvällspersonalen", säger Tina där hon står längst fram i dagrummet med projektorns lampa lysandes mot bröstkorgen.

Dagrummet är egentligen till för att de inneliggande patienterna ska kunna titta på tv, umgås över lunchbrickan och få ordentligt med dagsljus från fönstrena som täcker hela kortsidan av rummet. Men eftersom det också är det enda rummet på avdelningen där både personalen från dagpasset och kvällspasset kan samlas utan att alla närvarande drabbas av klaustrofobi används rummet också för personalmöten.

På stolarna och sofforna runt omkring sitter både undersköterskor och barnmorskor utspridda, tydligt uppdelade i två grupper som består av dag- och kvällspersonal. De som precis lämnat över sitt vårdlag och snart ska gå hem sitter lugnt tillbakalutade med en kopp i handen. Medan de som ska jobba kvällspass utmärks av att de sitter längst ut på stolkanten, diskret sneglandes på sina rapportblad och med en ständig beredskap för att när som helst behöva besvara en ringning eller gå och ronda.

Tina tar ett steg åt sidan och powerpointbilden med mötets första punkt blir synlig.

"Då så. Helt otroligt nog verkar tekniken vara med mig idag. Är du redo med pennan, Eva?"

Eva bemödar sig inte med att svara men sänker hastigt huvudet i något som, med lite fantasi och god vilja, skulle kunna tolkas som en barsk nickning.

Tina är uppenbarligen inne på samma spår och startar igång veckomötet i trygg förvissning om att hennes ord blir noggrant nedtecknade.

"Jag tänkte börja med att gå igenom statistiken från föregående veckas patientenkät." Hon klickar fram nästa bild. "Som vanligt får vi höga siffror på bemötande och låga på tillgänglighet."

"Något som måste tolkas som att patienterna är nöjda med personalens insatser när vi väl har tid att vara inne på salarna", mumlar Agneta från stolen bredvid Klara.

Klara ler.

En väldigt vanlig reaktion när någon får höra att hon jobbar på BB är att först missta BB för att vara samma sak som förlossningen och sedan, när den saken väl är utredd, istället uttrycka hur mysigt det måste vara att få jobba med bebisar. Och visst, hon har världen bästa jobb – men det är långt ifrån mysigt. På BB ställs livet på sin spets och gränsen mellan total lycka och katastrofal sorg är hårfin. Vilket innebär att personalen kastas mellan samma känslor, blandat med en ständig känsla av otillräcklighet. En arbetsplats där det är vanligare att någon kollega blir sjukskriven, säger upp sig eller sitter på expeditionen med tårar i ögonen av för hög arbetsbelastning än de där sällsynta stunderna av bebisgos.

Största delen av tillfällena där Klara ens tar i en bebis är när blodprover behöver tas eller när hon behöver göra något annat som får bebisarna att skrika anklagande över att bli störda i sin varma, mjuka värld i famnen på en trygg förälder. Någon enstaka gång kan hon sno till sig någon minut av att hålla bebisen om en ensam mamma behöver gå på toaletten i fred och får äntligen njuta en stund av de där små sprattlande armarna och de mjuka lite ludna öronen.

En längtan värker till långt inne i bröstet. När ska hon få smeka den där lena kinden och sedan inte behöva lämna tillbaka bebisen till sin mamma? Utan istället själv få vara den allra viktigaste och tryggaste punkten i det nya skrämmande livet. Få vara någons mamma.

Tankarna rycks bryskt tillbaka till verkligheten av att Tina högljutt prasslar med en pappersbunt där framme.

"Som vanligt lägger jag ut ett papper med en lista på alla pass där det saknas personal i sommar."

Papprena landar på bordet med en oroväckande högljudd duns. Ett papper? Det där är snarare papper så att det räcker till en hel roman.

En enhällig uppgiven suck hörs i rummet.

Tina grimaserar.

"Jag vet, jag vet. Det tar emot att lägga fram det här. Jag vet att det sista ni vill är att ta extrapass på sommaren. Men jag kan inte ljuga för er. Det ser inte bra ut. Det saknas personal, både undersköterskor och barnmorskor, på något av passen nästan varje dag under hela sommarschemat. Och det måste helt enkelt lösas på något sätt. Som vanligt kommer vi stänga några rum för att kunna dra ner bemanningen lite. Men ni vet lika väl som jag att kvinnor föder barn även på sommaren. Till och med lite fler än under övriga året."

Tina tar ett djupt andetag och tittar ut över rummet.

"Midsommar är bara några få veckor bort och efter det drar semestrarna igång. Som det ser ut i schemat just nu kommer inte sommaren gå ihop. Jag vill helst se att vi kan lösa det här utan att jag tvingas dra in några semesterveckor."

Klara suckar.

Såklart kommer det bli likadant i år igen. Arbetspass utan lunchrast, arbetspass med övertid och arbetspass där patientsäkerheten äventyras om någon skulle komma på tanken att våga ringa och sjukanmäla sig. Ett redan ansträngt system som försöker hålla ihop med hjälp av lite plåster. Plåster som utgörs av Klara och kollegorna runt omkring henne.

Eva tittar upp från protokollet och harklar sig.

Tina gör en gest med handen att hon kan få ordet.

"Jag anser att det är allas plikt att skriva upp sig på åtminstone en handfull extrapass." Eva tittar rakt på Klara när hon pratar.

Klara sänker blicken.

Hon har redan gått med på att sälja sin semester och få betalt för att flytta sina fyra veckor till hösten istället. Hon tänker inte skriva upp sig på extrapass också. Trots allt måste det finnas någon gräns för hur mycket hon kan offra sig i rollen som den barnlösa som ändå inte har något bättre att göra på fritiden än att jobba ännu mer. Självklart vill hon ställa upp för att kollegorna ska få det att gå ihop med sina partners semestrar och förskolornas nedstängningar och hon hoppas att någon annan kan göra likadant för henne om det till slut blir hennes tur att behöva det. Men i takt med att åren går blir det bara tyngre och tyngre att ständigt behöva ställa upp – tidigare för sjuksköterskekollegorna och nu även här på BB. Det tar aldrig slut. För varje midsommar hon är på jobbet blir det bara mer smärtsamt att hon inte har någon familj att fira med. Och hur ska hon kunna träffa någon om hon ständigt befinner sig på jobbet när alla andra är lediga?

"Även om man flyttat sin semester är det långt ifrån tillräckligt. Vi måste alla höja oss och ta ansvar för vårt kall", fortsätter Eva, som om hon kunnat läsa Klaras tankar.

Det hörs en fnysning från stolen bredvid och Agneta lägger armarna i kors.

Tina skyndar sig att ta tillbaka ordet och fortsätta.

"Tack för din … lojalitet, Eva. Och på tal om att höja sig har det blivit dags att berätta att Gunilla går i pension till hösten. Det innebär att en position som gruppchef kommer att bli tillgänglig. Min förhoppning är att vi ska kunna fylla den internt."

Ett skarpt skrapande ljud får allas huvuden att vändas mot hörnet. Eva har skjutit bak stolen och ställt sig upp.

"Jag skulle bara vilja göra klart för er alla att jag anser mig själv som mest lämpad att axla manteln som gruppchef."

Hon tittar sig omkring och utmanar alla närvarande att våga säga emot henne.

Agneta fnyser igen, men säger ingenting.

Tina söker ögonkontakt med Klara, som viker ner blicken och stirrar på en fläck på golvets plastmatta.

Hur mycket Klara än vill bli gruppchef skulle hon aldrig komma på tanken att deklarera det högt inför hela rummet. Att säga någonting alls på personalmötena är en tillräckligt stor utmaning redan, även utan att både behöva uttrycka sina förhoppningar och dessutom utmana Eva samtidigt.

Tina suckar.

"Jag återkommer med mitt beslut om tjänsten i slutet av sommaren."

Kapitel 8

Klara vänder sig på rygg i sängen och sträcker armarna rakt upp mot taket och den fluffiga vita taklampan. Värmen sprider sig i kroppen. Den ljusa och luftiga lägenheten är inte bara hennes trygga punkt utan även en källa till glädje. Trots att hon bott här i ett par år nu sipprar stoltheten ut genom porerna varje gång hon kommer innanför dörren. Alla möbler och prydnadssaker är noggrant utvalda för att passa in i harmonin i rummet. Var sak har sin plats och ögonen såväl som huvudet kan vila utan brokiga intryck. När hon flyttade in med bara ett halvt bohag såg lägenheten snarare kal och tråkig ut. Men nu har den istället en ombonad känsla av värme och fridfullhet.

Handen sträcker sig reflexmässigt efter mobilen på sängbordet och laddsladden åker ur när hon drar den till sig. På skärmen syns en liten bubbla med Adams ansikte inuti. Hon trycker upp konversationen.

A: *När du läser det här har jag redan hunnit ungefär halvvägs till milen på min löprunda. Men för all del, få inte dåligt samvete.*

Klara fnyser. Som om hon skulle få dåligt samvete av att inte ge sig ut och jogga i ottan på en ledig dag. Hon är väl inte galen.

K: *Ville du något annat än att skryta om vilken hurtbulle du är?*

Svaret kommer efter en timme, just som hon slukar sista tuggan av ostmackan och gör sig redo att ta sig an koppen med te som fått svalna till en drickbar temperatur.

A: *Du är alltid en sådan munterkvist på morgonen. Den här hurtbullen är numera hemma och ja, självklart ville jag något! Utegymmet klockan två? Jag måste fortsätta odla min image som hurtbullig.*

Klaras fingrar rör sig över tangentbordet när hon skriver ett svar.

K: *Absolut! Vi ses vid kyrkan som vanligt.*

Adam bor bara ett par kvarter bort och de brukar passa på att träna tillsammans de sällsynta dagar när de är lediga samtidigt. Men det vore en underdrift att påstå att Adam är den mest drivande parten i deras arrangemang. Själv skulle hon mer än gärna ha fortsatt att bara cykla hem från jobbet tillsammans istället för att höja insatsen och behöva släpa iväg sin allt för trötta lekamen till träning på fritiden. Men olyckligtvis har väl Adam en poäng i att hennes allt mer flyende muskler behöver lite styrka för att inte slitas ut i onödan av de ofta oergonomiska arbetsställningarna på jobbet. Hennes rygg kommer troligtvis sjunga Adams lovsånger om några år.

Solen lyser från en molnfri himmel över den lilla röda träkyrkan och gruset knastrar under fötterna när Klara svänger in på gångvägen genom grönområdet i Sala Backe. Bredvid den slitna informationsskylten, med lappar om allt från gudstjänster till öppettider för öppna förskolan, står Adam och trampar rastlöst. Han petar med sneakersen i gruset vid gränsen mellan gräsmatta och grusväg. Ett litet dammoln far uppåt.

Adam låtsas titta på en klocka på handleden när hon kommer fram.

"Tänk om du någonsin skulle kunna komma i tid."

Klara rynkar pannan.

"Klockan är bara fem i två."

"Just det. Sluta vara så tidig jämt." Adam ler tillräckligt stort för att skrattgropen ska bli synlig.

"Om du vill kan jag ställa mig där bakom buskarna och vänta i fem … fyra minuter?" säger Klara efter att demonstrativt ha sneglat ner på mobiltelefonen.

Adam låtsas fundera.

"Kom nu!" säger Klara och börjar gå.

De fortsätter längs med grusvägen. Snart står de framför stockarna och stängerna som utgör utegymmet i parken.

"Titta, nu har syrenerna börjat slå ut." Klara pekar på busken med de lilafärgade blommorna bredvid sig. "Jag vill inte låta som en pensionär, men tiden mellan hägg och syren har faktiskt något särskilt. När jag var yngre tyckte jag inte att det var något speciellt alls, men nu påminner det mig om alla de där dagarna när skolan precis skulle sluta och lektionerna var ersatta med bad och brännboll. När skolavslutningen väntade runt hörnet och sommarlovet kändes oändligt."

Hon knipsar av en av de små blommorna och rullar den i handen.

Adam hänger sig i en av de höga stängerna.

"Om jag ska vara helt ärlig trodde jag långt upp i vuxen ålder att det där 'mellan hägg och syren' som alla snackar så exalterat om betydde att man bokstavligen stod mellan en hägg och en syren. Så jag fattade aldrig riktigt grejen."

Klara skrattar.

"Nej, det kanske inte händer jätteofta att en hägg och en syren är placerade precis bredvid varandra och att någon dessutom ställer sig där för att få uppleva känslan."

Hon släpper blomman på marken.

"Just ja, vet du hur det gick för den gravida patienten på sal tio? Hon var inlagd för blödningar." Klara sänker rösten. "Hanna."

"Du behöver inte viska", säger Adam medan han släpper taget om stången, landar på gruset och slår ut med armarna mot den tomma parken runt omkring. "Vi är helt ensamma här ute. Men ja, det vet jag. Jag hade det vårdlaget igår kväll. Hon hade ingen mer blödning och fick åka hem."

"Åh, vad bra."

"Varför undrar du det?"

"Äsch, du vet hur det är. Vissa patienter känner man lite extra för bara."

"Jo, men sluta maska med massa prat nu. Jag vet att du gillar det när du väl kommer igång." Adam tar tag i två parallella stänger, hoppar upp och sänker långsamt ner kroppen mellan dem innan han pressar sig upp igen.

Klara går mot den lilla trätrappan och tar ett djupt andetag innan hon börjar springa upp och ned. Andhämtningen ökar snabbt och blodet sjunger till liv i kroppen. Självklart har Adam rätt, det här är ingen bestraffning, utan tvärtom något som hon gillar att göra. En svettdroppe rinner ner längs tinningen och läpparna formas till ett leende.

Efter en intensiv halvtimme sätter sig Adam på en hög av stockar, som mest liknar ett gigantiskt plockepinn, och pustar ut.

Klara avslutar sin övning och gör honom sällskap. Solen tittar fram bakom molnen och en vindpust svalkar skönt mot den varma kroppen.

Adam lutar sig tillbaka och sjunker ner till en halvliggande position och knäpper händerna bakom huvudet.

"Nog för att jag tycker om mitt jobb, men lediga dagar är svårslagna."

Klara nickar instämmande.

"På tal om att trivas på jobbet. Har du tänkt något mer på hur du vill göra framöver?" frågar hon och minns deras diskussion från tidigare träningspass när Adam pratat om sina framtidsplaner.

"Faktiskt tror jag att jag lägger planerna på att plugga vidare på hyllan ett tag till. Jag vet att jag borde ta tag i det snart, innan det börjar kännas för sent att byta yrke, men just nu trivs jag alldeles för bra som undersköterska. Och dessutom kan jag inte jobba på BB om jag blir ambulansförare."

En lättnad sprider sig genom Klaras kropp. Trots att Adam

kan driva henne till vansinne med sin retsamhet är han ändå en trygghet att ha på jobbet i sin roll som en av hennes få vänner.

Det här känns inte som rätt läge att ta upp att hon inte ångrat för en sekund att hon vidareutbildade sig till barnmorska, trots att hon egentligen trivdes med jobbet som sjuksköterska också. Men att få jobba med unga och relativt friska kvinnor och bebisar och få glädjas tillsammans med de nybildade familjerna är så otroligt mycket mer tillfredsställande än att känna sig otillräcklig som sjuksköterska på en vårdavdelning full med sjuka och oftast sköra patienter. Trots att hon känner sig otillräcklig även i sitt jobb som barnmorska beror det till största delen på tidsbristen och inte på att det inte finns något mer att göra för att hjälpa patienten.

Dessutom är utbildningen till barnmorska något av det hon är mest stolt över hittills i livet. Tänk att hon till slut lyckades. Efter de många åren på universitetet för att först plugga till sjuksköterska och sedan jobba som det innan hon kunde söka vidareutbildningen till drömyrket var det flera gånger nära att hon gav upp. Men efter många nätter av sömnlöshet och många stressiga timmar av praktik på förlossningen kunde hon äntligen gå upp på podiet och ta emot kursintyget som inom kort skulle förvandlas till en barnmorskelegitimation. När hon tittade ut över publiken med hurrande familjer och vänner till kurskamraterna hördes Jonas hurrarop högst av alla där han satt och strålade mot henne på första raden och klappade händerna så att det smattrade. De var så lyckliga då.

Om tiden bara kunde ha fryst i det ögonblicket, när två av hennes högsta drömmar uppfyllts. När hon var både barnmorska och älskad och ingenting kändes för svårt eller omöjligt att uppnå.

Klara återvänder till nuet.

”Vad skönt att du känner att du trivs och vill vara kvar på BB.”

”Och du då, hur trivs du på jobbet?” frågar Adam.

Klaras finger följer sprickorna i stockens yta.

Ska hon våga vara ärlig och berätta hur hon verkligen trivs på jobbet? Trots deras skämtsamma jargong och träningstradition känner hon och Adam inte varandra alltför väl på ett mer personligt plan. Är han verkligen intresserad av att höra vad hon känner på riktigt eller vill han bara ha ett positivt standardsvar om att allt känns toppen? Men kanske borde hon ändå säga det ärliga svaret. Om hon inte ens kan prata öppet med Adam, som hon trots allt känner sig avslappnad med, hur ska hon då någonsin lyckas bli tillräckligt utåtriktad på jobbet för att kunna bli gruppchef?

”Jo, jag trivs väl bra antar jag.” Hon tvekar. ”Förutom att jag kanske ibland kan känna mig lite utanför.” Hon överger stockens sprickor och möter Adams blick.

”Hur menar du med utanför?”

”Inte med patienterna eller så. Men du vet, i arbetsgruppen.”

Adam rynkar pannan.

”Jag har fått känslan av att du vill ha det så? Att du trivs med att hålla en viss distans till de andra på jobbet.”

”Det är väl sant på ett sätt. Fast ibland önskar jag kanske att det vore annorlunda.” Klara rycker på axlarna. ”Det är absolut mitt eget fel som har svårt att öppna upp mig för personer jag inte känner väldigt väl. Men ibland vore det trevligt om någon kunde se förbi det blyga och faktiskt se *mig*. Så som jag egentligen är. Om du frågade min mamma skulle hon nog snarare säga att jag ligger på gränsen till att vara en pratkvarn.”

Adam ler.

”Men äsch, nu pratar vi inte mer om mig. Byte av samtalsämne, tack.”

Adams ögon smalnar, men han gör henne till viljes.

”Så, käre gamle Eva är ute efter en befordran. Det vore väl underbart att få henne som gruppchef.” Han låtsas rysa.

Såklart byter han ämne till just det. Det verkar onekligen som att universum vill utmana henne idag. Ännu ett samtalsämne som inte känns helt självklart att öppna upp sig och prata om. Men samtidigt kan hon lika bra fortsätta nu när hon ändå börjat.

”Det vore en katastrof att ha Eva som gruppchef.” Hon tar sats. ”Faktum är att *jag* skulle kunna tänka mig att bli gruppchef.”

Adam ler stort och sätter sig rakt upp på stocken.

”Det vore väl en jättebra idé. Dessutom är alla som inte är Eva en utmärkt kandidat.”

Klaras ögonbryn dras ner mot näsroten.

”Eh, fast du vore såklart en extra bra kandidat. Vad är det som hindrar dig? Har du berättat för Tina att du är intresserad? Jag kan inte tänka mig att hon skulle välja Eva före dig.”

”Tina nämnde faktiskt på mitt medarbetarsamtal att jag är en av kandidaterna som hon överväger till tjänsten, men jag måste visa mer ledaregenskaper för att kunna få jobbet. Om jag inte visar framfötterna är det säkert Eva som får tjänsten.”

”Inget snack om att Eva har gigantiska framfötter. Men du har i alla fall min röst alla dagar i veckan. Du kan få bossa runt mig hur mycket du vill framför Tina. Om du vill kan jag hinta lite diskret till Tina om hur otroligt bestämd och ledarskapsaktig du är.”

Klara ler. Den hintningen skulle säkert vara oerhört diskret.

”Tack, men nej tack. Jag tror nog att det är bäst att jag försöker lösa det där själv.”

”Jag finns här om du ändrar dig.”

Klara reser sig upp och borstar bort dammet som lagt sig över byxornas glansiga tyg.

”Ska vi börja röra oss hemåt?” frågar hon.

”Absolut, men om det är okej tänkte jag svänga förbi Brantings på vägen hem?”

”Självklart.”

De börjar gå och strax kommer en liten byggnad med snedtak inom synhåll. Den röda neonskylten lyser från sin plats på väggen och förkunnar att det är ett konditori. Dörren står öppen och en oemotståndlig doft av nybakade bullar kommer utsvävande och möter dem när de når fram till stenplattorna vid ingången.

Adam tar trappan i två stora kliv och går först in genom dörren till den ljusa och luftiga lokalen. Han stegar beslutsamt fram till glasdisken medan han noggrant studerar innehållet där bakom. Tjejen som befinner sig på andra sidan disken ser ut att vara i Adams ålder, eller möjligtvis ett par år yngre. Hon lyser upp när hon får syn på Adam och överger snabbt sin sortering av korgarna med bröd och skyndar emot honom.

"Välkommen! Är du redo att beställa?"

"Inte riktigt än. Ge mig någon minut till bara", säger Adam och besvarar hennes leende.

"Självklart! Jag finns här om du behöver mig." Hon ler igen. "Oavsett vad du vill ha."

Adam tittar upp.

"Bara en dåre skulle tacka nej till det erbjudandet." Han blinkar.

Klara harklar sig högljutt. Ibland känns det omöjligt att vara ute bland folk med Adam. Han är definitionen av den oförbätterliga singelkillen som lyckas träffa tjejer på alla både tänkbara och otänkbara ställen.

Adam ler kaxigt.

"Jag menade såklart erbjudandet om att få tips på vad jag ska välja."

"Våra kanelbullar är himmelska", säger tjejen och fingrar på en penna som ligger bredvid kassan.

Klara låtsas studera tavlan med dryckesalternativ på väggen för att stänga ute deras samtal. Det skulle vara oerhört förvånande om det inte finns ett telefonnummer på baksidan av kvittot när Adam väl gjort sitt köp.

"Jag hade tänkt nöja mig med en bit hemmagjord chokladkola, men efter din excellenta rekommendation i kombination av att ha känt den här doften får det nog bli en kanelbulle också."

Adam fortsätter längs med disken.

"Fast titta på den här tårtbiten. Morotskaka med kryddig äppelkompott och cream cheese. Jag tar en sådan också, att ta med, tack."

Klara zoomar ut igen medan Adam betalar. Transaktionen verkar kräva en stor mängd småprat.

En bild fladdrar förbi på näthinnan av någon som är ovanligt lång, har varma nougatfärgade ögon och vars mjuka händer tar så varsamt i de små bebisarna. Någon som hon okaraktäristiskt nog gärna skulle vilja småprata med.

"Om du är klar med dina dagdrömmar snart så kanske vi kan gå nu?"

Klara blinkar.

Adam har betalat och står framför henne med en fullastad påse
i händerna. Han slänger en snabb blick på kvittot i handen och
lägger det i bakfickan på jeansen innan han muntert visslandes
går före ut genom dörren.

Kapitel 9

Klara kliver ner på stenplattorna utanför caféet. Den där morotskakan lät faktiskt väldigt god. Man skulle också kunna testa ha i en skvätt lime i frostingen för att locka fram ännu mer syra. Undrar om de gamla takterna sitter i trots att det var länge sedan hon bakade nu?

Hon tar upp telefonen och tittar på klockan. Hon skulle faktiskt hinna med god marginal innan det är dags att äta middag.

"Orkar du med ett stopp till på väg hem? Jag skulle behöva spring in på ICA lite snabbt."

Adam nickar medgörligt efter att ha vinkat ett entusiastiskt hejdå genom fönstret till tjejen i kassan.

"Absolut. Vad ska du äta? Inspirera mig tack."

"Jag tänkte faktiskt baka en egen morotskaka."

"Då måste du ta med en bit imorgon till jobbet. Det vore en lagom belöning om jag ska släpa mig hela vägen till affären för att hålla dig sällskap."

"Ja, det är faktiskt en omväg på flera meter."

"Just precis. Flera långa meter. Mina gamla ben är inte vad de en gång varit."

"Sprang du inte en mil senast i morse?" invänder Klara.

"Ibland är du så fokuserad på små och oviktiga detaljer."

Klara skrattar och börjar gå mot affären, som bokstavligt talat ligger bara några meter från konditoriet.

Kanske har Adam ändå en poäng i att hon borde ta med kakan till jobbet imorgon. Den skulle kunna fungera som en brygga till att påbörja arbetet med att få bättre kontakt med kollegorna.

"Du har rätt. Jag tar med den till jobbet imorgon. Men den är till alla och inte bara till dig."

Adam nickar medgörligt medan de går in i butiken och börjar plocka ner varor i varsin korg.

"Men du, jag tänkte på det där du sa om att komma in i gruppen. Du är ju redan vän med mig och jag har sett dig prata med både Agneta och Malin. Varför har du svårt att prata med de andra?"

Klara väger en påse med morötter i handen.

"Det finns nog flera anledningar. Du och jag lärde ju känna varandra när vi upptäckte att vi bodde så nära varandra och kunde göra sällskap hem."

"Du menar att min charm var oemotståndlig till slut?"

Klara fnyser och Adam skrockar medan han lägger ner ett paket mjölk i den röda plastkorgen.

"Jag menade att det är lättare för mig att lära känna någon och öppna upp mig när det sker på tu man hand. På jobbet är det ofta så mycket folk samtidigt. Jag har för mig att Tina sa på min anställningsintervju att det är över hundra personer anställda på BB. Jag har alltid haft svårare med gruppdynamiken och att ta plats i en grupp. Min personlighet kommer inte fram så bra i gruppsammanhang antar jag. Hela min uppväxt var det bara mamma och jag. Jag hade ingen stor och bullrig släkt och inga stora kompisgäng i skolan."

Adam nickar och medan han börjar plocka upp sina varor på bandet vid kassan fortsätter Klara att fundera på hans fråga.

Det känns tråkigt att jobbet på BB inte riktigt blev den nystarten i det sociala som hon tänkt sig. Det var meningen att hon skulle anstränga sig mer i början. När hon fick komma till en ny miljö utan några förväntningar på hennes personlighet var tanken att se till att snabbt placera sig i ett socialt och öppet fack. Men det var svårare än hon trott. Det var som att försöka dra ut ett gummiband, till slut tappade hon taget och bandet snärtade tillbaka till sitt ursprungsläge.

Adam väntar vid utgången.

"Så för att sammanfatta skulle du egentligen behöva längre tid på dig för att hinna prata mer med alla ensamma och slippa gruppsamtalen?" säger han. "Men det har du inte tid med för då får någon annan jobbet som gruppchef?"

"Precis."

Adam klappar henne deltagande på axeln och sträcker sig efter hennes påse för att bära den också.

"Svår nöt att knäcka. Men jag tror på dig."

Klara rätar på ryggen.

Adams förtroende betyder mycket. Men det finns en annan anledning till att hon har svårt att komma in i arbetsgruppen som hon helst inte vill nämna för Adam. Precis som han sa på utegymmet är hennes tillbakadragenhet också lite självvald. Om hon skulle komma sina kollegor närmare kommer de personliga frågorna oundvikligen börja komma. Har hon något förhållande? Varför tog det slut? Frågor som gör alldeles för ont att få och som hon inte alls vill dela med sig svaret på.

Trots allt hade den extremt extroverta Jonas inte bara lyckats lirka ut Klara ur sitt skal tillräckligt för att hon skulle bli upp över öronen förälskad i honom, utan också börjat få henne att öppna upp sig mer och släppa sin blyghet gentemot andra. Men sedan rycktes allting bort och hennes framsteg gick om intet. Nu är det återigen enklare att omge sig med ytligt bekanta än att riskera att bli utfrågad om livet som en gång var.

Uppbrottet med Jonas och varför det skedde gör fortfarande alldeles för ont att ens tänka på. Det öppna såret som aldrig riktigt vill läka ordentligt.

Kapitel 10

Klara går mot fikarummet. Det ska bli skönt att få vila benen några minuter innan det är dags att cykla hem efter dagens jobbpass. Egentligen borde hon inte vara så trött med tanke på att hon var ledig senast igår, men det verkar som att fötterna aldrig riktigt vänjer sig vid antalet steg som ett jobbpass innebär. Och gårdagens träningspass hjälpte inte heller.

Framför henne i korridoren går föräldrarna från sal tre, som hon haft utskrivningssamtal med några minuter tidigare.

De vänder sig om vid ljudet av hennes fotsteg.

”Hejdå, ha det så bra hemma nu!” säger Klara.

”Det känns så konstigt att du inte försöker stoppa oss. Är det här verkligen vår bebis på riktigt? Som vi får ta med härifrån och ska ansvara för?” säger pappan och utbyter en blick med sin fru innan uppmärksamheten vänds mot det lilla knytet som ligger och sover förnöjt i babyskyddet, med mössan på sned.

”Jag lovar att det är hundra procent er bebis och att jag inte kommer hindra er från att gå”, ler Klara.

”Har han tillräckligt med kläder på sig tror du?”

Pappan böjer sig ner över babyskyddet och rättar till mössan med fumliga fingrar.

Hans fru klappar honom lugnande på armen.

”Philip, älskling, det är trots allt en solig dag och tjugo plusgrader. Jag tror att han kommer överleva turen ut till bilen och den fyrtio minuter långa färden hem till Vendel.”

Phillip ger sin fru en puss på kinden.

”Du har en poäng där.”

Klara nickar uppmuntrande.

"Hon har helt rätt. Det här kommer både ni och lillen att klara galant."

Klara vinkar och svänger till höger, in i fikarummet, medan de nyblivna föräldrarna fortsätter ut genom dörrarna. Mot det nya livet.

"Ah, äntligen."

Agneta dimper ner i soffan mittemot Klara i fikarummet och tar en tugga av päronet hon håller i handen.

"Tufft pass?" frågar Klara och lägger båda händerna runt den varma IKEA-koppen.

Trots att det är varmt ute och solen strålar in genom fönstret gör luftkonditioneringen, de kortärmade arbetskläderna och den ständiga handspritningen att händerna alltid är kalla, även på sommaren. Lyckligtvis brukar de gravida kvinnorna som är inlagda på BB mest tycka att det är svalkande med en kylig hand på magen. Medan de små nyfödda, som är vana att simma runt i ständigt ljummet vatten, blir desto mer upprörda.

"Egentligen inte, men jag hade ett utskrivningssamtal som drog ut på tiden efter att jag lämnat över mitt vårdlag. Vet du vad pappan frågade?"

Klara skakar på huvudet.

"Han frågade hur länge det kommer dröja innan hans frus mage kommer att försvinna, 'för hon ser ju fortfarande gravid ut', och om hon borde börja träna nu direkt för att få bort det. Underbart att ha fokus på det när ens bebis är ett dygn gammal. Jag hoppas verkligen att det bara var genuin nyfikenhet som kom ut på lite fel sätt."

"Vad sa kvinnan då?" frågar Klara och dricker en klunk te.

"Ingenting. Hon bara stod tyst bredvid. Hoppas att hon skällde ut honom efter att jag gått."

Klara suckar.

"Ibland blir man faktiskt mörkrädd. En av barnmorskorna nere på förlossningen berättade för några veckor sedan om en partner som sagt att hon skulle 'sätta ett extra stygn för pappa också' när hon sydde bristningen."

Agneta fnyser.

"Mycket ska man då höra innan öronen vissnar."

Hon lägger ifrån sig päronskrutten på bordet och lutar sig tillbaka i soffan.

Klara följer hennes rörelser och blicken fastnar på lappen som ligger placerad på bordet bredvid päronet. Hon stönar.

Agneta tittar nyfiket på henne.

"Vad nu då?"

Klara pekar på den färgglada lappen.

"Jag hade helt förträngt att sommarfesten är på lördag." Hon tittar hoppfullt upp. "Ska du gå?"

"Nehej du, jobbfester är ingenting för mig. Jag är alldeles för gammal för sådant ståhej. Dessutom tycker jag att det är fullt tillräckligt att träffa mina kollegor på jobbet varje dag. Min fritid tillhör mig själv och Lars. Och ungarna när de behagar komma hem. Ska du dit?"

Om det ändå vore möjligt att tacka nej. I Agnetas fall är det väl okej. Ingen kommer ens höja på ögonbrynen över att hon tackar nej. Har man bara en man, eller ännu bättre ett barn, har man ett obestridligt frikort till att kunna tacka nej till sådana här tillställningar utan att det är konstigt. Om Klara däremot tackar nej får det bara henne att verka tråkig. Varför skulle hon inte komma när hon är singel och uppenbarligen inte har något bättre för sig en lördag.

"Ska jag tolka din brist på entusiasm som att du inte ska gå?" Agneta ler roat från andra sidan bordet.

Utanför fikarummet hörs Tinas röst när hon går förbi i korridoren pratandes i telefonen.

Det bränner till i Klaras mage. Självklart måste hon gå på festen. Om hon vill bli gruppchef behöver hon visa Tina att hon visst kan nå fram till sina kollegor. En dedikerad gruppchef skulle aldrig tacka nej till en personalfest.

"Jag ska gå." Klara försöker sig på ett föga övertygande glatt tonfall.

"Du kommer säkert få kul." Agnetas ögon är fyllda med medlidande. "Var skulle den vara i år? Hos någon av neoläkarna, va?"

Hjärtat slår ett dubbelslag.

”Ska den?” Ögonen far över lappen med information. ”Äsch då.” Klara skjuter ifrån sig pappret igen. ”Den ska vara hos Kim. I jättevillan i Sunnersta.”

”Det låter som att du hoppades på något annat?”

”Jag tänkte bara … äsch, jag vet inte vad jag tänkte.”

För en sekund hade hon hunnit få upp hoppet om att festen kanske skulle hållas hemma hos Rikard, men det kan hon ju knappast berätta för Agneta. Fast bara för att festen inte är hemma hos honom är Kim trots allt en av Rikards kollegor, vilket innebär att det borde vara ganska stor chans att han kommer dit. Med ens känns festen betydligt mer lockande.

Klara sneglar på Agneta som har rest sig upp för att fylla på mer kaffe i koppen. Kanske vore det här ett bra tillfälle att samla lite information. Pulsen ökar medan frågorna trängs i huvudet.

”På tal om neoläkare, vet du hur gammal Rikard är?”

Agneta sätter sig i soffan igen och tar en klunk kaffe innan hon svarar.

”Jag tror att han är trettiosex. Varför undrar du det?”

”Jo, det var för att … eh… en pappa undrade det när Rikard var här och rondade förut och jag insåg att jag inte har en aning. Att uppskatta någons ålder har aldrig riktigt varit min grej.” För att göra den svamlande lögnen ännu mer uppenbar blir kinderna brännande varma.

Agnetas ögon smalnar.

”Konstigt att pappan skulle bry sig om en läkares ålder. Men ja, jag är ganska säker på att han gifte sig när han var trettio och han har varit gift i sex år nu.”

Klara sätter teet i halsen och hostar.

”Gift?” kraxar hon.

”Just precis. Lisa heter hans fru. Jag tror att hon jobbar som stylist om jag inte minns helt fel.”

Tankarna får ingen styrning. Rikard är gift. Med Lisa. Sedan sex år tillbaka. Det innebär att han var gift på julfesten för ett halvår sedan och att han definitivt var gift i barnrondsrummet tidigare i veckan. Men varför skulle han flirta med henne om han är gift? Kan hon ha inbillat sig allt?

Händerna känns med ens iskalla, trots tekoppens värme. Självklart kan hon ha inbillat sig. Denna eviga längtan efter en familj som får tankarna att springa iväg bara för att han var trevlig mot henne.

Men om det nu skulle vara så att hon inte missuppfattat hans signaler och att han faktiskt flirtat med henne trots att han har en fru är det långt ifrån ett okej beteende. Hon kan inte vara delaktig i någon form av otrohet utan att gå emot sitt samvete och svika sina värderingar. Även om några flirtiga ord kanske inte kan klassas som otrohet, får det ändå skammen att bränna i magen vid tanken på att han är en annan kvinnas make.

Klara ställer ner den tomma tekoppen med en smäll på bordet.

Det är nog bäst att undvika Rikard så mycket som möjligt framöver för att inte riskera att hjärnan spinner iväg igen med sina framtidsdrömmar. Drömmar som var orealistiska redan innan och som nu grusats helt.

Bakom ryggen hörs ljudet av dörren som öppnas.

"Nu ska det bli gott med en kopp kaffe."

En grupp undersköterskor kommer in i fikarummet och slår sig ner vid Klaras och Agnetas bord.

Maggan sträcker sig genast efter chokladasken som står på bordet. Post-it-lappen uppe på det uppfällda gula locket berättar att asken är ett tack från familjen på sal sjutton. Maggan kikar ner i asken och grimaserar besviket innan hon tar den näst sista chokladbiten från kartongen som varit full vid förmiddagsfikat. Det är en strykande åtgång på sötsaker på avdelningen och allt som ställs i fikarummet går åt förr eller senare. Även de lite mer ifrågasättbara bakverken.

Klara rätar upp sig på stolen när samtalet drar igång runt bordet. Självklart glömde hon morotskakan hemma i kylskåpet och tillintetgjorde sin plan om att använda den till att starta ett samtal med kollegorna. Men nu har hon ändå chansen. Nu ska hon ta en aktiv roll i konversationen. Med tanke på hur svårt det är att uppfylla drömmarna i privatlivet kanske det är på sin plats att hon satsar ännu mer på att uppfylla sina karriärsmål istället.

”Livets dryck”, suckar Gunilla med slutna ögon och kaffekoppens öra i ett fast grepp.

”Eller hur. Om jag skulle vara tvungen att välja mellan att avstå sex eller kaffe är valet enkelt”, säger Maggan och utlöser muntra skratt runt bordet.

”Ja, vem behöver sex egentligen. Så överskattat jämfört med kaffe”, säger Klara.

Skrattet dör ut och medlidsamma blickar möter hennes. Meningen som var tänkt att låta skämtsam kom istället ut som ett allvarligt konstaterande.

”Jag trodde inte att du drack kaffe?” påpekar Maggan och pekar på koppen framför Klara, som är fylld med te.

”Eh, nej, det är sant.”

Kinderna hettar. Varför skulle hon ge sig in i diskussionen just nu, när den handlade om sex och kaffe. Två ämnen som hon definitivt inte har någon lust att prata med sina kollegor om.

”Vilken tur att man inte behöver välja, utan kan få båda. Kanske till och med samtidigt”, säger Agneta med ett småleende.

Kollegorna fnissar och det lättsamma småpratet återuppstår.

Klara tittar ner i koppen och sänder ett tyst tack till Agneta för räddningen.

Kapitel 11

Den röda fläcken lyser hånfullt i trosorna.

Klara reser sig upp från toaletten och kränger av dem med ryckiga rörelser innan de åker ner i tvättkorgen bredvid handfatet.

Spegelbilden framför henne blir suddig medan kranens iskalla vatten får fingrarna att kännas bortdomnade.

Varför reagerar hon fortfarande så här? Självklart har mensen kommit. Trots allt vore det konstigare och betydligt mer oroande om den inte gjort det. Att mensen kommer regelbundet som en klocka borde vara något positivt. Ändå vägrar hjärnan att tolka det så. Inte efter den där dagen när blodfläcken absolut inte skulle vara där och ändå bara blev större och större medan kramperna tvingade ner henne i fosterställning på badrumsgolvet. Smärtan som skar som en osynlig kniv samtidigt som livmodern kramade ur sitt livlösa innehåll och lämnade kvar ett tomt mörker.

Smärtan var lika delar fruktad som välkommen. Något behövde hjälpa till att dämpa själens skrik. Den fysiska smärtan var trots allt både hanterbar och begriplig. Självklart måste det göra ont när en framtid krossas.

Till sist började sanningen sjunka in. Barnet. Som var men som aldrig fick chansen att bli. För liten för att kallas bebis, men tillräckligt stor för att sörja. Tillräckligt stor för att färga världen svart, få hjärtan att värka av sorg och dränka kinder i tårar. Tårar som aldrig ville sluta rinna. De bara fortsatte komma i en strid ström. Ibland mer, ibland mindre, men de slutade aldrig.

Att tvingas vakna på morgonen och minnas, dag efter dag, att

framtiden för alltid var oåterkalleligt förändrad och försöka få
tillbaka känslan av verklighet i det som var overkligt.

Ansiktet i spegeln förvrids i något som nu är en grimas, men
som länge var dess permanenta tillstånd. Sorgen får åter ta sin
rätta position medan minnet får fritt spelrum, tillfälligt utsläppt
från sitt fängelse.

Den där känslan av att vänta på något stort och livsomväl-
vande som plötsligt var borta. Ett liv, en framtid, en kärlek som
skulle vara utan slut fick istället inte ens börja. Livet som växte
och frodades där inuti, som startade fantasier och drömmar. Vem
var du som nu inte längre finns? Skulle du ha älskat så som du
redan var älskad?

Och nu den här blodfläcken, som egentligen inte betyder något,
men som fortfarande, efter flera år, fortfarande betyder allt.

En tår får tillåtelse att droppa ner i handfatet, men sedan är det
nog. Ett ansträngt leende syns på kopian i spegeln.

Fake it till you make it.

Klädhögen växer snabbt på sängen. Tydligen innehåller inte garde-
roben någonting som är värt att ha på sig. Det borde inte vara så
här svårt. Solen lyser upp sovrummet och väderrapporten utlovar
strax över tjugo grader hela kvällen. Bättre väder än så blir det inte
på en sommarfest i Sverige och det innebär att klädvalet snabbt
begränsas till att hon helt enkelt måste passa på att använda en
sommarklänning. Eftersom Klara har exakt två klänningar som
kan passa in på den beskrivningen i ett hav av annars svarta, ma-
rinblå och grå kläder kan det egentligen knappt räknas som ett val.

Ibland känns det som att hela livet stannat i väntan på att kun-
na ta nästa steg mot en familj. Inte ens sina kläder uppdaterar
hon längre.

Klara tittar på högen på sängen och sedan på sin spegelbild
i helkroppsspegeln. Trots tankarna på en sommarklänning står
hon ändå på något mystiskt sätt här klädd i svart från topp till tå.

Suckandes drar Klara blusen över huvudet och gräver sig ner
underst i högen, där sommarklänningarna – som var först ut att
ratas – ligger och lyser färggrant.

Hon återvänder till spegeln med en klänning i varje hand.

Undrar om Rikard gillar gult eller blått bäst.

Tanken flyger oinbjuden genom huvudet. Det spelar ingen som helst roll vilken färg hennes kollega gillar bäst. Om det vore viktigt skulle hon lika gärna kunna basera sitt klädval på Malins favoritfärg. Det är nästan samma sak.

Dessutom är det inte ens säkert att Rikard kommer vara där. Faktum är att det är mer troligt att han inte kommer vara där. Han och frun har säkert något bättre för sig en lördagskväll. Och om han nu ändå skulle vara där gör det ingen skillnad för henne. Förutom att kvällen skulle bli lite mer ansträngande av att hon måste undvika honom. För undvika honom måste hon. Det får inte finnas minsta lilla möjlighet till ett flirtigt samtal. Inte oflirtigt heller för den delen. Inget samtal alls får förekomma. Punkt. Frågan är bara vem hon då ska prata med. Agneta är hemma i lugn och ro med sin man och Adam ska jobba. Varför sa hon inte bara nej till festen så hade det här problemet inte existerat över huvud taget?

Klara drar handen framför ögonen.

Vad handlar det här om egentligen? Visst att en personalfest inte är hennes definition av en rolig lördagskväll, men riktigt så här jobbigt brukar det inte kännas. Förvärras hennes känslor av att hon känner mer press nu när jobbet som gruppchef hägrar?

Med ens dyker morgonens toalettbesök upp i tankarna. Klara suckar. Självklart. Att hon inte tänkt på det. Dagarna innan och under mensen har aldrig riktigt varit hennes bästa dagar och det har bara förvärrats efter allt som hände med missfallet och Jonas.

Klara ilsknar till och ruskar på sig.

Hon tänker inte låta mensen förstöra och göra den här festen till något värre än den faktiskt är. Trots allt är det en strålande vacker sommarkväll, det kommer bjudas på god mat och hon har hört att Kims hus är riktigt imponerande.

Bitterheten börjar sakta ge vika för en försiktigt hoppfull känsla.

Tankarna på Rikard pockar på uppmärksamhet. Hon kan inte neka att det ändå känns lite spännande att han kanske kommer vara där. Att titta på honom är trots allt okej. Se men inte röra.

Hon håller upp klänningarna framför sig igen med förnyad beslutsamhet. Självklart ska hon ha en somrig klänning. Frågan är bara vilken av dem.

Klara slänger den gula klänningen på sängen igen och klär på sig den blå. Blått är lite mer neutralt än gult och definitivt närmare svart på färgskalan. Att Rikard hade en blå skjorta på julfesten förra året är bara ett sammanträffande och har ingenting alls med utfallet av beslutet att göra.

Kapitel 12

Den stora upphöja terrassen är redan fylld av Klaras kollegor. De flesta minglandes med höga champagneglas i händerna, som definitivt inte är fyllda med champagne med tanke på hur låg den insamlade summan till matbudgeten var. Men det ser i alla fall väldigt lyxigt ut tillsammans med det stora moderna huset där väggarna verkar utgöras av fönster från golv till tak.

Kim, neoläkaren som äger huset, står placerad vid den enorma grillen i hörnet av terrassen. Hon vänder med säker hand grillspett som är fullproppade med kyckling, rödlök och paprika. Några majskolvar och stora champinjoner ligger placerade ut mot kanterna på gallret.

När Klara närmar sig torkar Kim händerna på den blårutiga kökshandduken som ligger nonchalant slängd över axeln och greppar Klaras hand.

"Hej och välkommen! Vi har ju setts som hastigast när jag varit uppe hos er och rondat några gånger. Kul att du kunde komma."

Klara nickar innan hon kommer på sig själv. Social måste vara ledordet för kvällen. Tina är på plats och det här är ett perfekt tillfälle att visa att hon kan öppna upp gentemot kollegorna. Det är lika bra att börja värma upp direkt, trots att Tina inte syns till i närheten just för tillfället.

"Vilket otroligt fint hus du har. Jättesnällt att vi får ha sommarfesten här."

"Tack! Jag tänkte att det var roligare att vara här än att hyra en opersonlig lokal."

Kim tittar ner på grillen och placerar snabbt några svampar

utom räckhåll för eldslågorna som plötsligt fått ny energi av oljan från marinaden som droppar ner genom gallret.

"Men oj, nu måste jag fortsätta vända på de här så att vi inte får kolbitar till middag." Hon skrattar till. "Tur att den caterade maten i alla fall är färdiglagad redan och omöjlig att förstöra. Hoppas att du får en trevlig kväll."

"Tack."

Klara backar undan från grillens hetta och tar några tveksamma steg mot skjutdörrarna av glas som leder in i huset. De är öppna för att släppa in så mycket som möjligt av den ljumna sommarbrisen. Precis innanför stålramarna skymtar ett gäng läkare som verkar vara inne i en livlig diskussion av de yviga gesterna och de höga skratten att döma.

Fötterna stannar med ens tvärt. En av dem står med ryggen vänd ut mot terrassen, men det är ingen tvekan om att det är Rikard. Han är nästan ett huvud längre än sina kollegor och går inte att missta för någon annan.

Klaras blick irrar över terrassen.

Hon kan omöjligt gå in i huset utan att dra till sig uppmärksamheten från gruppen vid skjutdörrarna. Alltså återstår bara alternativet att stanna kvar ute tills det är dags att äta. Men vart ska hon ta vägen? Även om tanken på att försöka småprata känns jobbig är det ändå snäppet värre att stå helt ensam utan att prata med någon.

Borta i andra hörnet, vid glasräcket, sitter en grupp undersköterskor från BB. Trots att det med god marginal är den bästa möjligheten som finns till hands just nu tar det emot att gå ditåt. Måste de vara samlade i en så stor grupp? Klara är inte ens helt säker på att hon vet vad alla som är där heter. Men det finns egentligen inte mycket alternativ om hon inte vill fortsätta stå här ensam.

Klara tränger undan tvivlet och rör sig i riktning mot gruppen. Hon är trots allt en vuxen kvinna och ingen osäker barnunge. Självklart kan hon gå fram till en grupp kollegor.

En av undersköterskorna reser sig upp från soffan och går i riktning mot dörren. Bredvid den nu lediga platsen sitter Malin. Bättre läge än så här kommer hon inte få.

Hon nästintill rusar sista biten fram till soffan.

Malin tittar förvånat upp när Klara kommer ångandes, men ler stort som vanligt.

"Vad kul att se dig, Klara!"

Klara ler tillbaka och sjunker ner mot kuddarna medan Malins muntra babblande sköljer över henne i en strid ström som inte kräver mer än några enstaka hummanden då och då som svar. Malin är den perfekta täckmanteln för att se deltagande ut i gruppen utan att egentligen själv behöva prata.

Även under middagen får Malin hålla låda åt dem båda medan Klara kan koncentrera sig på att njuta av de utsökta grillspetten med diverse tillbehör som är själva definitionen av vad hon tycker är god mat. Det finns fem olika såser att välja mellan, en stor fräsch sallad och varma baguetter att suga upp den sista såsen med.

Lyckligtvis är Rikard placerad vid ett bord med sina kollegor från neo i andra änden av matsalen och eftersom han sitter bakom henne behöver Klara inte ens anstränga sig för att låta bli att snegla åt hans håll oavbrutet.

När den utsökta desserten i form av chokladmousse väl är uppäten och borden är undanröjda från tallrikar och efterrättsskålar deklarerar Tina högljutt att det har blivit dags att ha lite roligt och leka några lekar.

Klara rätar på ryggen.

Den årliga frågesporten är på ingång. Dock finns det ingen anledning att klaga. På listan över lekar som ändå är acceptabla att behöva delta i ligger frågesport högt. Det kan vara riktigt kul att klura på svaren och få uppleva det där lilla glädjeskuttet i magen av att komma på svaret och kunna hjälpa sitt lag. Och det involverar inte att behöva göra något fysiskt, som att hoppa med en säck eller kasta en stövel.

Minnen från allt för många lekar vid tillfällen som midsommaraftnar sköljer över henne. Att behöva delta i lekarna trots att hon egentligen inte vill vara med men samtidigt inte vill bli lämnad utanför gemenskapen. Klara kan inte minnas att hon gillade att leka ens som barn. Kanske gav uppväxten utan syskon och med en ensamstående mamma inte tillräckligt med tillfällen att få öva sig på att leka. Att få lära sig att avdramatisera och se leken just som en lek och ett tillfälle för avkoppling istället för ett tillfälle där hon måste prestera.

"Jag vet att vi brukar ha någon form av musikquiz eller liknande men idag tänkte jag att vi skulle testa något nytt", säger Tina och tar fram en stor glasskål fylld med hopvikta lappar.

Åh nej.

"Charader!" utbrister Tina glatt och möts av ett jubelrop från alla utom Klara. Malin klappar till och med händerna av förtjusning bredvid henne.

Inte charader. Vad som helst utom charader.

"Jag måste bara gå och hämta mer att dricka …" Klara hinner resa sig halvvägs upp ur stolen innan Malin drar ner henne igen.

"Men Klara, du kan inte gå nu. Då missar du början."

Malin vinkar till resten av bordet, som numera är deras lag, att samlas runt henne.

"Det här vinner vi lätt! Klara får börja, för hon måste gå iväg en snabbis sedan och hämta mer dricka."

"Nej, nej, nej." Klaras protester framförs för döva öron. Runt omkring henne hurrar laget och nästintill knuffar ut henne på den numera tomma ytan framför borden, som en scen.

Det blir knäpptyst medan Klara tar en lapp ur glasskålen och håller den i handen. Inte ens tanken på att Tina ser henne umgås med sina kollegor kan få det här att kännas okej. Nog måste det väl gå att visa framfötterna på något annat sätt än att leka lekar.

Men nu finns det ingen återvändo och trots allt är det inte hela världen. Allt hon behöver göra är att bjuda lite på sig själv inför kollegorna. Ganska många av kollegorna visserligen. Men ändå. Hon behöver bara göra sitt bästa.

Åh nej, Rikard.

Hon kan omöjligt försöka sig på att göra en charad framför Rikard.

Klara slänger en snabb blick mot bordet bakom hennes egna ivriga lag.

Personalen från neo ser ut att vara redo att leka, men deras styrka är helt klart urvattnad och innehåller flera tomma stolar. Tack och lov verkar Rikard vara en av dem som varit klok nog att fly fältet innan de gemensamma lekarna startade.

"Du får inte läsa vad som står på lappen förrän jag har vänt timglaset", tjoar undersköterskan Maggan från bordet bredvid – numera kända som rivalerna.

"Är du redo?"

Handen som kramar lappen har blivit fuktig av svett. Hon kanske inte ens kommer kunna läsa texten. Det skulle vara en perfekt start.

"Tre, två, ett!"

Klara vecklar upp lappen med darrande hand och läser namnet som står där: Jenny Lind. Vem tusan är det? En svag klocka ringer längst bak i huvudet. Är inte det hon som var på femtiolappen förut, innan de nya sedlarna kom? Men Klara är långt ifrån säker.

"Pass. Jag vet inte vem det här är."

Hon lägger lappen bredvid skålen.

"Ta en ny!" hojtar Malin.

Handen gräver i skålen och får tag i en ny lapp: Zlatan. Det är helt klart ett steg i rätt riktning. Fotbollsproffset som dominerat sportvärlden i många år nu känner till och med hon själv till, trots ett ringa sportintresse. Men hur ska hon få fram att det är Zlatan utan att använda ord? En svettdroppe rinner från armhålan ner över revbenen. Laget stirrar på henne från bordet för att inte missa en enda rörelse.

"Ta en ny igen om du inte vet vem det är", ropar Malin.

Det borde vara så lätt, men det står helt stilla i huvudet och kroppen låser sig.

"Men snälla människa, gör något!" gastar Eva.

Malin hyssjar henne, men hoppar nästan på stolen av iver över att få någonting att jobba med. Minsta lilla rörelse som kan generera en gissning.

Det börjar susa i öronen.

"Och där var tiden ute!" hörs Maggans belåtna stämma. Hon håller upp timglaset som bevis.

"Får jag se vem det var." Eva rycker åt sig lappen innan Klara hinner lägga tillbaka den.

”Zlatan. Hur kan du inte veta vem Zlatan är?”

Klara fäster blicken på skålen med lappar. ”Jag vet vem det är.” Orden kommer ut som en väsning mellan sammanbitna tänder.

”Hur svårt kan det då vara att låtsas sparka på en fotboll?” Eva snörper på munnen.

”Äsch, det gör inget, Klara. Det här tar vi igen i nästa omgång”, säger Malin medan Maggan reser sig upp och går fram till skålen.

”Jag ska bara gå och hämta den där drickan”, säger Klara.

Malin nickar medan resten av laget redan förlorat intresset och tittar på Maggan istället.

Klara lägger sina iskalla händer mot de brännande kinderna medan hon går mot köket. När hon rundar hörnet och närmar sig dörröppningen hörs en röst där inifrån.

Rikards röst.

Kapitel 13

Inne i köket spelar den portabla högtalaren på köksbänken dämpad musik som effektivt döljer stojet från matsalen. Lugna favoriter.

Rikard står med ryggen mot dörröppningen och tittar ut genom fönstret medan han pratar i mobiltelefonen som är pressad tätt mot örat.

"Nehej, men vad vill du att jag ska säga då? Att jag är glad över att du kommer vara borta ännu en helg?"

Han tystnar och lyssnar på svaret från personen i andra änden innan han tar till orda igen. "Det är skillnad och det vet du mycket väl. En jobbfest några timmar en kväll kan inte jämföras med att konstant befinna sig i Stockholm."

Klara börjar backa bakåt. Det här låter inte som ett samtal hon borde lyssna på.

Just som hon ska vända sig om och gå ut ur rummet igen snurrar istället Rikard runt, som om han anat hennes närvaro. Deras blickar fastnar i varandra.

"Jag måste sluta. Vi får prata mer om det här imorgon istället." Han trycker bort samtalet och låter telefonen glida ner i byxfickan.

"Jag ber om ursäkt för det där. Jag trodde att jag var ensam."

"Det var inte meningen att störa. Jag ville bara …"

"Fly från charaderna?" Rikard ler. "Fullt förståeligt."

"Men jag ska gå igen. Så du hade inte behövt avsluta samtalet."

Hon borde verkligen gå. Så sent som för några timmar sedan lovade hon sig själv att inte prata med Rikard. Och verkligen inte ensamma i köket när han precis bråkat med någon som troligtvis var hans fru.

Rikards leende byts ut mot en grimas.

"Äsch, det var bra att du avbröt. En personalfest är inget lämpligt tillfälle att gräla med sin fru."

Han öppnar kylskåpsdörren, tar fram två öl och sträcker fram den ena mot henne samtidigt som han skrynklar ihop den tomma plastpåsen från Systembolaget med andra handen.

"Vill du ha en?"

Klara tvekar.

"Jag vill inte dricka upp din sista."

"Om jag ska vara helt ärlig är det nog bara bra. Jag har redan druckit mer än jag tänkt och ännu en efter den här skulle nog inte vara bra för husfriden där hemma."

Han ler ett snett leende och tar ett steg framåt samtidigt som Klara gör samma sak.

De möts vid köksön i mitten av köket. Rikard fiskar upp en öppnare från bordet och räcker över den öppnade flaskan. Den känns kall mot huden trots hennes redan kalla händer.

"Så, vill du gå tillbaka ut dit?" Han gestikulerar mot dörröppningen.

"Helst inte."

"Jag såg att ett gäng neonatologer smet ut på terrassen innan lekarna började. Vi kan gå ut och göra dem sällskap?"

Klara ryser.

"Nja, helt ärligt vill jag knappt umgås med folk jag tycker om. Och dina kollegor känner jag bara ytligt."

Rikards varma skratt fyller köket. Han tar ett steg närmare och rösten får en mjukare klang.

"Du har rätt. Det är mer intimt här inne."

Klara fuktar läpparna. Nu gör han så där igen. Är han bara trevlig eller flirtar han med henne?

"Vad tycker du om kvällen hittills?" frågar Rikard. "Har du haft roligt?"

Klara tvekar och överväger svaret. Deras samtal har hittills gått över förväntan och hon har till och med fått honom att skratta. Egentligen borde hon avsluta samtalet och lämna köket. Men en känsla av trygghet har lagt sig över rummet och den känslan börjar även leta sig in i bröstkorgen. Rikard är lätt att prata med och Klara kommer på sig själv att snarare vilja dra ut på deras samtal, istället för att vilja avsluta konversationen så snabbt som möjligt, som hon brukar.

"Roligt kanske vore en liten överdrift, men jag har absolut haft trevligt."

"Jag förstår vad du menar. Om jag ska vara helt ärlig tvekade jag in i det längsta om jag skulle gå eller inte. Soffan därhemma såg väldigt inbjudande ut", säger Rikard.

"Samma här! Låter det deprimerande att säga att jag hade föredragit att spendera kvällen ensam med en bok?"

"Verkligen inte. Jag kan inte annat än instämma. Vad roligt att du gillar böcker. Vill du berätta vad du läser för bok just nu?" frågar Rikard.

Klara börjar svara och innan hon vet ordet av är ölflaskan slut och några enstaka tjut från matsalen letar sig in i köket och överröstar musiken. Det måste börja närma sig upploppet på tävlingen.

Hon slänger en blick på klockan och hajar till.

De har stått här inne och pratat i nästan en timme. Kan det verkligen vara möjligt? Och hon som inte skulle prata med honom alls. Så bra gick det med den saken.

Till sin förvåning har hon haft riktigt kul. Rikard är uppmärksam, lyssnar och tar sig tid att vänta tills hon formulerat sig och fått ur sig det hon vill ha sagt på ett sätt som ingen annan brukar göra. Det känns inte alls som att prata med en ytlig bekant. Verkligen inte.

Musiken tystnar mellan två låtar och Klara tittar ner på handen som plockar med kapsylöppnaren. Rikard står fortfarande lutad mot köksön medan hon satt sig ner på en barstol bredvid.

När han sträcker sig över bordet för att ta hennes tomma flaska stryker hans lillfinger över hennes handrygg. Hettan skjuter upp genom fingrarna och vidare ut i armen.

"Förlåt", säger Rikard.

Han är gift, han är gift, han är gift.

Klara harklar sig.

"Så, det var din fru i telefonen tidigare sa du?"

Rikard rätar på ryggen och nyper tag med fingrarna över näsroten.

"Ja, jag är rädd för att det var det. Ännu ett gräl om att hon jobbar för mycket." Han rycker på axlarna. "Vad ska man göra?"

"Vad jobbar hon med?"

"Lisa är stylist, så alla hennes jobb utgår från Stockholm och innebär dessutom att hon måste resa mycket i jobbet." Han suckar. "Det är inte direkt första gången vi bråkar om det här och tyvärr inte den sista heller gissar jag."

"Låter jobbigt."

"Ja, inte är det kul i alla fall. Jag önskar att hon skulle vara hemma lite mer. Att hon skulle *vilja* vara hemma mer. Ibland känns det knappt som att jag har någon fru." Han ler glädjelöst. "Det blir ganska många långa ensamma kvällar. Självklart skulle jag kunna fylla dem med att jobba extrapass jag också, men jag vill inte att mitt liv bara ska bestå av jobb. Jag skulle vilja ha något mer, om du förstår vad jag menar."

"Mm, en gemenskap."

Rikard möter hennes blick.

"Precis. En gemenskap. Jag kunde inte sagt det bättre själv."

Klaras bröstkorg häver sig allt snabbare och ytligare i takt med att sekunderna tickar iväg utan att någon av dem bryter ögonkontakten.

"Men här står jag och svamlar på om mitt olyckliga äktenskap, som om du vore intresserad av att höra om det. Jag känner någon form av samhörighet mellan oss, två charad-skolkare, antar jag." Han skrattar till, men fortsätter i mer allvarlig ton: "Du är bra på att lyssna."

Fingrarna tycks inte kunna låta bli att fippla konstant med saker. Klara puttar iväg kapsylen utom räckhåll på bordsskivan.

"Tack."

"Jag är också rätt bra på att lyssna. Du får gärna testa mig om du vill."

De bruna ögonen håller ännu en gång kvar hennes blick medan hon står tyst.

”Fast du behöver såklart inte”, skyndar sig Rikard att lägga till. ”Det är inte ditt fel att jag inte vill känna mig ensam om att ha delat med mig av förtroenden på personalfester. Jag skulle nog som sagt inte druckit de där sista två ölen.”

Han ler fortfarande, men blicken är ursäktande. Och kanske skymtar något annat där inne också. Skam? Klara vet alltför väl hur det är att känna den känslan i sociala sammanhang.

”Jag skulle vilja bli gruppchef på BB.” Orden kastar sig modigt ur munnen. ”Men för att kunna bli det måste jag visa framfötterna lite mer enligt Tina. Jag hoppas att jag kommer lyckas göra det. Men det känns svårt och definitivt utanför min komfortzon.”

Rikard lyser upp.

”Tack för att du delar med dig av dina förhoppningar. Jag tror att du skulle bli en jättebra gruppchef. Jag upplever dig som väldigt sympatisk och att du tänker på andra. Även om din chef vill att du tar några steg fram är egenskaperna som du redan har, som att vara en god lyssnare till exempel, minst lika viktiga för att kunna vara en bra chef.”

Det pirrar till i magen och Klara kan inte låta bli att le åt de berömmande orden.

Kapitel 14

"Ni ska få rapport från mig." Gunilla kommer insvepande på expeditionen och räcker över varsitt rapportblad till Klara och Maggan, som tillsammans ska ha hand om team fyra – de gravida patienterna – ikväll. Helgens sommarfest känns redan långt bort och vardagen är tillbaka.

De slår sig ner vid skrivbordet och Gunilla går snabbt och effektivt igenom patientlistan medan Klara antecknar. Baserat på rapporten låter det som att det kommer bli ett hyfsat lugnt pass. Men vårdlaget med de gravida är alltid lurigt. Man vet aldrig riktigt vad som kommer hända, helt plötsligt kan någon börja blöda eller få värkar och förvandla det lugna passet till kaos.

När Gunilla kommer fram till patienten på sal tjugofem läser Klara namnet i rutan högst upp och hajar till.

"Där har ni Hanna som var inneliggande ett par dagar här på BB för några veckor sedan. Då var hon här för blödningar, som hade upphört helt vid utskrivningen. Men nu är hon alltså tillbaka med nya blödningar. Läkarna har satt in blodstillande läkemedel igen, som hon hittills verkar svara bra på, men vi får väl se hur det går de närmaste dagarna."

Gunilla pausar och deras blickar möts i samförstånd. Vissa patienter kan småblöda länge utan att det är någon fara, medan andra kan behöva föda snabbt, även om det är flera månader kvar av graviditeten.

"Hanna är ganska ledsen och uppgiven då hon redan haft en tuff graviditet med illamående och blödningar och det verkar som att hennes sambo kommer ha svårt att vara här på grund av sitt jobb. Han jobbar tydligen på annan ort under vardagarna. Så om ni får det hyfsat lugnt kan ni väl titta till henne lite extra?"

"Absolut!" svarar Klara.

"Ja, det måste vi göra. Jag tycker så synd om de gravida som är här utan sin partner eller någon annan som stöd. Det måste vara oerhört långa dagar att vara själv där inne på rummet utan sällskap som kan hjälpa till att få tiden att gå lite snabbare. Och att dessutom behöva vara ensam när man är orolig för sin bebis också kan inte vara kul", säger Maggan och skakar på huvudet.

Gunilla nickar.

"Vi får hoppas att hon fortsätter svara bra på läkemedlet." Hon tittar ner på pappret i handen. "Det var allt från mig. Det verkar ganska lugnt just nu, så vi kanske kan passa på att gå på personalmötet allihop och turas om att svara på ringningarna?"

De reser sig upp och tar sällskap till dagrummet som utgör hela kortsidan längst upp i korridoren.

Tina har redan kört igång mötet och verkar vara mitt i en genomgång av förra veckans avvikelser när Klara sätter sig på den lediga stolen bredvid Agneta.

"Nästa punkt på listan är något som jag vet att ni inte kommer uppskatta, men tyvärr är det så att vi fått ännu mer krav på att spara pengar, så från och med nästa vecka kommer det inte längre att finnas någon saft i personalrummet."

Ett högljutt mummel fyller med ens rummet och Maggan höjer sin röst för att den ska nå fram till Tina.

"Ni har redan tagit bort fredagsfikat, skorporna och ketchupen. Någon måtta får det väl faktiskt vara."

Gunilla tar till orda för att backa upp Maggans åsikt.

"Och satt ett hänglås på kylskåpet med mat till patienterna så att bara kökspersonalen kan öppna det. Skulle inte det minska våra matkostnader? Jag tyckte du sa att svinnet från att folk stjäl matlådor var en stor utgift."

Tina suckar.

"Det var det också. Jag vet att ni inte är nöjda med någon av åtgärderna vi tvingats göra i köket. Men jag ser ingen annan lösning än att dra in på våra saker. Alternativet är att dra ner på patienternas mat och det tycker jag inte att vi kan göra."

"Nej, den är torftig nog som den är med tanke på att den ska mätta gravida och ammande kvinnor", mumlar Agneta innan hon höjer rösten. "Jag hör vad du säger, Tina. Men saften måste bli kvar. Den är vår enda chans att kunna få upp blodsockret snabbt de passen när vi inte har tid att ta rast och äta. Och du vet lika väl som jag att det händer lite för ofta. Kostnaden att skicka hem personal som svimmat skulle nog bli högre än den för några förpackningar saft."

Tina drar handen genom håret.

"Jag ska gå igenom budgeten igen så får vi se", säger hon med trött röst.

Från ena hörnet av rummet hörs en kombination av Evas stämma och skrapet av pennan mot pappret. Hon verkar ha bestämt sig för att försöka öka effektiviteten genom att prata och anteckna i protokollet samtidigt.

"Jag anser att det inte är mer än rätt att vi i personalen får ta några smällar till förmån för att rädda våra patienter."

Klara harklar sig.

"Fast det är ju just därför vi behöver saften, för att kunna hjälpa patienterna. Jag tror nog att de föredrar att vi räddar deras liv bokstavligt talat än att vi räddar äppelcidern som de får på grattis-brickorna, som kanske skulle vara bättre att ta bort än saften." Klara tystnar och tror knappt sina egna öron. Var det verkligen hon som sa det där? Sa hon just emot Eva av alla människor högt på ett personalmöte?

"Jag har inga som helst problem med att göra både och. Både offra saften och rädda deras liv." Eva höjer ögonbrynen. "Men uppenbarligen är vissa av oss mer måna om patienterna än andra."

Klara sitter tyst trots att det kokar inombords av att höra Evas ord. Självklart är hon lika mån om patienterna oavsett om hon vill behålla saften eller inte. Men hon tänker inte säga emot igen. Att säga en sak på mötet var mer än nog.

Tina fortsätter mötet och Klara låter tankarna vandra samtidigt som hon lyssnar med ett halvt öra. Tänk om hon får tjänsten som gruppchef. Då skulle hon behöva byta sida till arbetsgivarsidan och helt plötsligt vara tvungen att ta hänsyn till budgetar och stå bakom att ekonomiska beslut drivs igenom trots att de kanske påverkar personalen negativt. Hur skulle hennes relation till arbetsgruppen bli då?

Kanske kommer försöken till att närma sig sina kollegor och få en plats i gruppen istället sluta med att hon blir ännu mer distanserad från dem?

Samtidigt säger magkänslan klart och tydligt att rollen som gruppchef skulle passa henne perfekt. I mobilen har hon redan skrivit ett flera sidor långt dokument med saker som skulle kunna förbättras på avdelningen. Om hon blir gruppchef och lyckas driva igenom några av sina idéer skulle hela gruppens arbetsbörda lättas.

Dessutom skulle hon verkligen ta sig tid att lyssna på vad hennes kollegor säger, och inte bara de som pratar högst, utan också de tystare, som henne själv. Det behövs en sådan person även på högre positioner, som kan lyfta upp hela arbetsgruppen och inte bara låta enstaka personer komma till tals. Att få chansen att verkligen kunna göra skillnad vore fantastiskt.

Kapitel 15

"Jag kan gå in med kvällsfikat till Hanna", erbjuder sig Klara och tar den stora beiga plastbrickan från rullvagnen som Maggan skjuter framför sig.

Klara tittar ner på brickan i händerna medan hon går längst ner i korridoren till sal tjugofem. Ett par hårdbrödmackor och ett paket med två ostskivor i ligger bredvid tekoppen. Det är viktigt att det bara är ett paket ost och en förpackning smör per person. Hon suckar. De skulle snarare behöva öka matbudgeten istället för att konstant försöka sänka den.

Klara knackar försiktigt på dörren och går in på salen.

"Det är bara jag som kommer med kvällsfikat."

Hanna sitter och läser i skenet från kvällssolen utanför fönstret. Hon tittar upp, lägger ner boken bredvid sig på sängen och sätter sig på sängkanten.

"Åh, vad bra. Jag började precis bli sugen på te."

Klara ställer ner brickan på det portabla sängbordet och rullar fram det framför sängen.

"Vilken service", ler Hanna.

"Javisst, rena lyxhotellet det här, vet du", skämtar Klara. "Är allt okej här inne?"

"Jodå, det kommer fortfarande lite blod, men inte alls lika mycket." Hanna rynkar pannan. "Det är en konstig känsla att vara så orolig och samtidigt så uttråkad. Det borde vara en omöjlig kombination."

"Om du vill kan jag stanna här en stund medan du äter kvällsfika? Så får du i alla fall sällskap ett tag."

"Väldigt gärna. Om det inte är för mycket besvär? Du har säkert massor av andra saker som du behöver göra?"

"Faktiskt inte just nu. Det är lika bra att jag gömmer mig här inne en stund, så att ingen ser mig sitta sysslolös och kommer på att jag borde städa läkemedelsrummet eller något." Klara sätter sig ner på stolen mittemot sängen.

Hanna ler när hon smuttar på teet.

"Det är lika roligt varje gång jag dricker något som är varmt eller kallt. Det blir verkligen full fart där inne." Hon lägger handen på magen. "Det känns fortfarande så overkligt att vara gravid. Att *jag* är gravid. Slippa vara i väntan på att vänta längre. Under alla tvära kast fram och tillbaka med IVF-behandlingen gav jag faktiskt upp hoppet där ett tag."

Klara nickar och Hanna fortsätter:

"Det blev så mycket fokus på att räkna dagar i cykeln, tajma in ägglossning, negativa graviditetstester, mensvärk och så småningom utredningar, tårar och misslyckanden. Jag tappade helt bort känslan av upprymdhet och storheten i vad vi försökte göra. Om du förstår vad jag menar?"

Klara nickar igen. "Jag förstår."

Hannas ögon lyser upp. "Men så idag kom jag att tänka på magpirret. Det där lilla pirret djupt ner i magen. Känslan som kom dagen då vi bestämde oss för att nu kör vi. Nu börjar vi försöka skaffa barn. Förväntningarna och lyckan vid tanken på att våga kasta sig ut i det okända, i det nya. Det pirret har jag inte känt eller tänkt på på väldigt länge."

Klara böjer ner huvudet och studerar sina händer. Hon skulle ge vad som helst för att få känna det pirret. Igen. Trots att hon verkligen kan tänka sig hur jobbigt det måste vara med en IVF-behandling efter att ha varit ofrivilligt barnlös tränger sig ändå ett uns av helt missriktad avundsjuka in i hjärtat. De som går igenom en IVF-behandling har i alla fall en partner att försöka få barn med. Någon att dela det tuffa och svåra med.

Klara motar bort de missunnsamma tankarna, rätar upp huvudet och ler uppmuntrande mot Hanna.

"Det låter härligt att du kanske kan börja hitta tillbaka till den känslan igen. Många av kvinnorna jag träffat som först varit ofrivilligt barnlösa och sedan genomgått en IVF-behandling säger ungefär samma sak som du, att det är väldigt tufft."

"Ja fy, jag är självklart väldigt tacksam över att det finns möjlighet att få hjälp. Men alla smärtsamma injektioner och biverkningarna av alla läkemedel man trycker i sig var inte speciellt kul. Och inte heller den eviga och fruktansvärda väntan och tankarna på att det aldrig kommer lyckas." Hanna grimaserar. "Speciellt ju längre tiden gick och jag dessutom bara blev äldre och äldre. Man hör ju så mycket om att det bara blir svårare med åren."

Klara pressar ihop läpparna. Det värker till i magen av att höra Hannas ord. Självklart är sjunkande fertilitet med åldern någon hon både hört om och själv informerat om många gånger. Ändå får det alltid stressen att kicka igång och bilden av den brant fallande fertilitetskurvan att dyka upp på näthinnan. Tvärtemot vad många tror börjar den gå snabbt nedåt redan vid trettio. För att inte tala om hur den ser ut efter fyrtio.

Hjärtat bultar hårt inne i bröstkorgen.

Snart är hon där. Vid det fruktade fyrtio-strecket. Även om hon träffar någon nu skulle hon först behöva vara tillsammans med honom en längre tid för att känna sig helt trygg i relationen, sedan är det inte alls säkert att det skulle gå att bli gravid direkt ändå. Det är till och med troligt att det skulle ta ett tag. Vilket innebär att det är mer realistiskt att hon faktiskt skulle vara fyrtio när barnet väl föds. Och det är om hon träffar någon *nu*. Tänk om det visar sig att det är för sent när hon väl hittar någon att bilda familj med?

Klara tvingar lungorna att ta några djupa andetag för att lugna ner det allt mer panikslagna hjärtat. Just nu måste hon finnas här för Hanna.

Hanna fortsätter:

"När testet äntligen var positivt blev jag varken glad eller chockad. Jag visste nog egentligen redan om det, instinktivt, men kunde inte reagera. Det bara var där. Pluset. Jag försökte verkligen tillåta mig att hoppas och vara lycklig. 'Gravid till motsatsen bevisas' säger man inom IVF-världen när ett embryo återförs och att man ska försöka vara glad och hoppas så länge det går."

Hanna drar efter andan och tittar ner mot magen. "Till slut gick det ju faktiskt. Och nu sitter jag här med en liten kickboxare där inne i magen." Hon riktar sina ord nedåt. "Och du ska stanna där inne. Hör du det? Inga fler blödningar nu." Rösten stockar sig lite på slutet och den skämtsamma tonen som inledde meningen försvinner.

Till sin förfäran känner Klara hur ögonen tåras av Hannas ord och hon tittar ut genom fönstret, där kvällssolen börjat göra sin sorti.

Hanna tittar upp och rynkar pannan.

"Men du, hur är det fatt?" Hennes ögon spärras upp. "Det var verkligen inte meningen att lägga över min olycka på dig och få dig att må dåligt."

Klara tvingar sig att vrida tillbaka huvudet och blinkar frenetiskt.

"Nej, nej, tänk inte så. Det här är absolut inte ditt fel."

Hanna ser inte övertygad ut och nu fylls även hennes ögon av nya tårar.

Klara skyndar sig att fortsätta:

"Jag ber verkligen om ursäkt för mitt olämpliga beteende."

Klara tystnar. Tvekar. Men en tår som rinner nerför Hannas kind fattar beslutet åt henne. Trots att det är det sista hon vill prata om kan hon inte heller låta Hanna tro att hon bär skulden för reaktionen.

"Det är bara det att jag vet alltför väl hur det är att få en blödning under graviditeten. Det var egentligen inte alls samma sak som för dig. Långt ifrån. Det var tidigare i graviditeten, så det slutade tyvärr med att det inte gick vägen. Det var ett par år sedan nu. Men ibland kommer känslorna över mig plötsligt när jag hör andras berättelser."

"Åh, jag beklagar verkligen. Det måste vara jättesvårt att jobba här, bland alla bebisar, efter något sådant."

"Nej då, oftast går det bra. Just nu är jag mer orolig över att ha spätt på din oro ännu mer istället för att lindra den, som egentligen var tanken med att jag skulle hålla dig sällskap."

"Faktiskt fick det mig att känna mig bättre konstigt nog. Du påminde mig om att jag trots allt är lyckligt lottad som tagit mig så här långt och ändå kommit in i hyfsat säkra veckor av graviditeten."

"Jag ber som sagt verkligen om ursäkt. Men jag är glad att det kunde vara till hjälp."

De ler mot varandra i samförstånd, båda med tårar i ögonen.

Från den lilla apparaten på väggen bredvid dörren hörs ett pipande. Klara vänder sig automatiskt om mot ljudet. Det är en av hennes salar som ringer.

"Jaha, tillbakakallad ut i verkligheten antar jag."

Hon reser sig upp ur stolen, önskar Hanna godnatt och går mot dörren.

Saved by the bell.

Ljuset ute i korridoren sticker obarmhärtigt i ögonen som redan känns grusiga och svullna efter samtalet inne på salen. Obehagskänslorna sprider sig genom kroppen. Om det är något som är svårt att prata om är det missfallet och dessutom borde hon absolut inte ha berättat om det för Hanna – en patient.

Dörrarna ut i hisshallen öppnas och en lång vitklädd gestalt kommer gåendes emot henne. Självklart är det just den personen hon verkligen inte vill träffa just nu. Rikard.

Han ler brett när han kommer fram till henne där hon står kvar som fastfrusen utanför salsdörren.

"Men hej! Är det du som har hand om Hanna ikväll? Jag tänkte titta in och ge henne lite information om neonatalavdelningen, som vi brukar göra med de som riskerar att behöva föda för tidigt."

"Vad bra." Klara tvingar fram ett stelt leende och börjar ta ett steg runt Rikard.

"Men du, har det hänt något? Du ser lite upprörd ut. Mår Hanna inte bra?"

"Jo, hon mår bra. Det är jag som …" Klara tystnar.

Rikard står tyst och väntar med en orolig rynka mellan ögonbrynen. När hon inte gör någon ansats till att fortsätta frågar han försiktigt:

”Mår du inte bra?”

”Det är ingen fara. Jag råkade bara bli alldeles för personlig och berättade något för Hanna som jag inte borde ha gjort. Det var hemskt oprofessionellt gjort av mig.”

Rikard lägger en varm hand på hennes axel.

”Jag är övertygad om att det inte var så farligt som du tror. Trots att du är här ikväll i egenskap av barnmorska upphör du inte att vara människan Klara för det. Jag tror att alla som jobbar inom sjukvården någon gång låtit något som egentligen är alldeles för personligt sippra igenom till en patient som de fått lite extra bra kontakt med.”

”Du med?”

Det går inte att tänka sig Rikard göra något som helst misstag i sin roll som läkare.

Han ler.

”Jag också.”

”Tack, det behövde jag höra just nu. Men nu ska inte jag uppehålla dig längre. Gå in du.” Klara gör en gest mot dörren in till Hannas sal.

”Jag hoppas att vi ses snart igen”, säger Rikard och knackar på medan Klara skyndar vidare i korridoren med tankarna fortfarande spinnandes runt samtalet inne på salen.

Har du barn? En fråga som hon får titt som tätt i olika varianter. Hur många barn har du? Hur gamla är dina barn? Hur var din förlossning? I den professionella rollen, som barnmorskan Klara går det oftast att skaka av sig frågan och säga att hon inte har några barn men ändå har träffat och följt många gravida i rollen som barnmorska. Ändra fokus tillbaka till personen framför.

Men, nej, det finns inga barn. Ingen egen känsla av hur det är att känna fosterrörelser, föda barn eller bli flerbarnsmamma. Allt det där som hon dag ut och dag in pratar om och ger information om. Egentligen spelar det såklart ingen roll. Den som vårdar en människa med cancer har mest troligt inte haft cancer själv.

Men just ikväll gör det ont.

Kapitel 16

"Har du varit på ännu en dålig dejt? Du ser i alla fall lika trött och sur ut som du gjorde efter den förra."

Adams retsamma röst från en av pallarna inne på koordinatorsexpeditionen gör ingenting för att förbättra Klaras humör, men hon nöjer sig med att blänga på honom och vänder istället uppmärksamheten mot skärmen med platsläget. Det ser som vanligt oroväckande fullbelagt ut med bara någon enstaka tom sal.

Adam vägrar delta i det allmänna småpratet som fyller rummet och fortsätter titta uppfordrande på henne, som om han faktiskt förväntar sig att få ett svar på sin förolämpning. Vad vill han att hon ska säga? Det är inte som att hon kan berätta att sömnbristen och därav också surheten kommer från att ha legat vaken och lyssnat på sin biologiska klockas tickande hela natten.

"Jag har raderat den där jäkla dejtingappen. Ursäkta mig att jag inte är superpigg efter att ha jobbat kväll igår och nu dag. Jag hatar de passen. Jag brukar ställa väckarklockan i hissen på väg ner i omklädningsrummet efter att kvällspasset är slut och då är det sju timmar kvar innan jag ska gå upp och göra om samma sak igen. Ibland tänker jag att jag lika gärna skulle kunna jobba natt också för att bespara mig cykelturerna fram och tillbaka."

Surheten tar överhand. Trots att det var andra tankar som höll henne vaken i natt stämmer det allt för väl att hon inte kan sova mellan kvälls- och dagpass. Det är komplett omöjligt att slappna av när tankarna först kretsar kring vad som hänt på kvällspasset.

Glömdes något bort? Kunde hon gjort något mer för någon patient? För att sedan övergå till oro inför morgonen och en planering av vad som kommer behöva göras då.

”Jag är ändå alldeles för uppskruvad för att kunna somna.”

”Livet på en pinne.” Adam flinar.

”Bara för att du var ledig igår.”

”Lyckligtvis har jag information som garanterat kommer muntra upp dig.”

”Är det Rikard som rondar bebisarna idag?” Klara stänger munnen med en smäll. Vad är det hon säger egentligen? Hur uppenbar kan en person vara?

Adam tittar frågande på henne.

”Vad pratar du om? Lustigt nog tror jag faktiskt att det *är* Rikard som rondar idag. Men det var inte det jag menade. Titta på tavlan.” Han pekar mot rutorna för team fyra på skärmen. ”Det är du och jag idag!”

”Du har rätt. Det är faktiskt uppmuntrande.” Klara ler brett. Att jobba med Adam innebär att hon kan slappna av och lita på att alla undersköterskeuppgifter blir gjorda som de ska utan krångel.

Och det är Rikard som rondar!

”Vilken tajming, är du på väg in på barnrond?”

Klara höjer just handen för att äntligen få öppna dörren som dragit till sig hennes blickar hela dagen och gå in i barnrondsrummet, när Adams röst hörs bakom henne.

Hon vänder sig om.

”Ja. Vill du fråga något innan jag går in?”

”Nej, men jag har ingenting som behöver göras exakt just nu, så jag tänkte att jag kan passa på att vara med på barnronden så får jag all information på en gång och du slipper uppdatera mig efteråt.”

Han stannar bredvid henne och väger upp och ner på hälarna.

”Eh … Ja, det är ju en idé. Fast tänk om någon patient ringer på klockan medan vi är där inne båda två. Jag vill inte att något annat vårdlag ska behöva svara på våra ringningar.”

Adam klappar henne medlidsamt på axeln.

"Du är verkligen surrig av sömnbrist idag. Ringningarna syns ju inne i barnrondsrummet också. Så om det ringer går jag ut och svarar såklart. Kom nu!"

Han drar upp dörren och gör en gest att hon ska gå in före honom innan hon hinner komma på någon bättre ursäkt till varför han absolut inte kan vara med på ronden. Vad är oddsen egentligen? Undersköterskorna brukar nästan aldrig ha tid att vara med på ronden i vanliga fall. Men självklart måste det ske just idag av alla dagar. När Rikard äntligen rondar igen och hon hade en perfekt ursäkt till att få spendera tid med honom i enrum. Dessutom hade det varit ett utmärkt tillfälle att ursäkta sig för deras snabba möte igår kväll när hon var långt ifrån att vara på gott humör och dessutom ännu en gång gav honom ett större förtroende än hon borde när hon erkände sitt oprofessionella samtal med Hanna.

Hjärtat rusar när Rikard tittar upp från skärmen och möter hennes blick innan den går vidare till Adam som följer efter henne in i rummet. Är det besvikelse som skymtar förbi i ögonen innan han ler mot dem båda?

"Hej på er. Ska vi kasta oss in i ronden direkt? Ni är team fyra idag, va? Har de behövt lägga en bebis på vårdlaget för de gravida?"

Klara harklar sig och står kvar mitt på golvet medan Adam slår sig ner på stolen mittemot Rikard.

"Det stämmer bra. Det är lika fullt här som vanligt. Så på sal tjugotre har vi pojke Eriksson som föddes för två dagar sedan. Igår kväll började han bli lite gul, så vi tog blodprover för att se om han börjar få gulsot."

Rikard hummar samtidigt som han klickar sig in på provresultaten i journalen.

"Det var högt ser jag. Jag antar att barnet började med ljusbehandling för att få ner värdet?" Han rynkar pannan. "Fast vänta nu. Det var jag som var jour igår och jag kan inte minnas att någon ringde mig om det här provsvaret."

"Nej, han har ingen ljusbehandling. Jag var precis hos den familjen och lämnade frukosten och det fanns ingen lampa där inne", säger Adam.

Rummet känns med ens för varmt igen, men inte av någon bra anledning den här gången. Klara fuktar läpparna. Hon måste säga något.

Rynkorna i Rikards panna blir djupare.

"Mycket konstigt att inte barnmorskan ringde mig när svaret kom. Vet ni vilken barnmorska det var som hade vårdlaget igår kväll? Det här måste jag rapportera till Tina, så att hon kan se till att det inte händer igen. Värdet är lyckligtvis inte tillräckligt högt för att vara farligt för bebisen. Men det är ändå ett misstag."

"Det var jag som hade vårdlaget igår." Skammen bränner i magen. "Jag blev distraherad av … något personligt och måste ha missat att titta på provsvaret när det kom." Klara pressar ihop läpparna medan tystnaden lägger sig i rummet.

Hur kunde hon missa att kolla provsvaret? I jobbet som barnmorska finns det inte rum för några som helst misstag. Varken stora eller små. Hon måste prestera perfekt vartenda pass, oavsett distraktion eller inte. Det här är verkligen inte okej någonstans. Och självklart måste det dessutom vara just Rikard som upptäckte det.

"Åh, jag förstår." Rikard trummar med fingrarna mot skrivbordet. "Skulle du kunna ge oss lite tid att diskutera det här i enrum, Adam?"

Adam tittar medlidsamt på Klara när han reser sig upp från stolen och försvinner ut genom dörren.

Rikard väntar tills dörren gått igen bakom Adams rygg innan han åter tar till orda.

"Eftersom provsvaret inte är tillräckligt högt för att påverka bebisen eller orsaka någon skada om vi börjar ljusbehandla nu skulle jag, vid närmare eftertanke, helst inte vilja blanda in dig i det här och riskera att din önskan om att bli gruppchef förstörs på grund av ett litet misstag", säger Rikard.

Magen drar ihop sig till en hård boll. Rollen som gruppchef. Ett misstag borde inte få Tina att ta bort henne som kandidat till att bli befordrad. Men sammanvägt med hennes introverta och konflikträdda sida kan det mycket väl bli droppen som får bägaren att rinna över och det som får Eva att bli första valet istället. Och det finns inte minsta lilla chans att Eva skulle tacka nej om hon blir erbjuden positionen.

"Jag har dock en skyldighet att rapportera det här på något vis. Både till Tina och föräldrarna." Rikard tystnar och möter hennes blick. "Därför kommer jag att ta på mig ansvaret. Jag kommer säga att du ringde mig igår när provsvaret kom, men att vi missförstod varandra om hur högt värdet var och att jag sa åt dig att vänta med ljusbehandling tills idag för att se om proverna skulle sjunka spontant."

En varm känsla sprider sig i magen och löser upp knuten som bildats. Tänker Rikard verkligen ta på sig skulden för ett misstag som hon gjort? Egentligen borde hon inte låta honom göra det, hur fint det än är. Och om bebisen faktiskt hade kommit till skada av misstaget hade det aldrig kommit på fråga att hon skulle låta honom ta smällen. Men i just den här situationen kanske det ändå är den bästa lösningen. Rikard, med sitt oklanderliga rykte, kommer inte drabbas värre än att få en förvånad blick över att han trots allt är mänsklig och kan göra misstag som alla andra.

"Är du verkligen …" Klara hinner inte avsluta meningen innan Rikard höjer handen för att stoppa henne.

"Jag är helt säker. Ingenting du säger kommer få mig att ändra mig."

"Tack." Det lilla ordet känns otillräckligt. Förhoppningsvis förmedlar ögonen orden hon inte får fram.

"Då så. Ta nya blodprover och starta ljusbehandling med två lampor genast, så ska jag strax gå in och informera föräldrarna. Jag ska bara ronda klart med de andra vårdlagen först."

Hans blick återvänder till datorskärmen och Klara lämnar rummet.

Precis som hon förväntat sig står Adam kvar och väntar på henne i korridoren utanför.

"Vill du berätta vad han sa?"

Klara tvekar. Men om det är någon på avdelningen som hon vill dela en hemlighet med så är det Adam. Dessutom är det lika bra att han också har hört vad de kom överens om så att inte han säger något om att det egentligen var hon som gjorde ett misstag.

"Han sa att han skulle ta på sig skulden själv för att det blev fel med provsvaret."

"Jaha, det var … oväntat", säger Adam.

Klara tittar bort från de isblå ögonen fulla med frågor.

"Mm, eller hur. Usch, jag skäms över att jag kunde missa det där svaret. Det är verkligen inte okej trots att det tack och lov inte var tillräckligt högt för att vara farligt" Hon blundar, men slår snabbt upp ögon igen. "*Du* säger väl ingenting till Tina?"

"Det vet du att jag aldrig skulle göra."

Klara andas ut.

"Nu måste jag gå och ta de där proverna. Visst fixar du lamporna?" frågar hon.

"Såklart."

Adam skyndar iväg längs korridoren medan Klara, trots sina ord, står kvar. Oförmögen att röra sig med tusen motstridiga tankar snurrandes i huvudet. Hur kunde hon låta privatlivet tränga sig in på jobbet och få henne att göra misstag? Det är som att missfallet fortsätter hänga över henne och påverka livet, trots att det var så länge sedan nu. Det här är bara ännu ett exempel på att livet har fastnat och stått still de senaste två åren. Varför ska det vara så svårt att lämna det bakom sig? Försöka gå vidare.

Kapitel 17

Jobbdagen börjar äntligen gå mot sitt slut. Tankarna på det missade provsvaret vill inte lämna Klara ifred och passet har känts både långt och tungt. Lyckligtvis har hon och Adam just lämnat över vårdlaget och snart kan hon åka hem. Det sista hon behöver är att vara ännu mer distraherad på jobbet och riskera att göra fler misstag.

Om inte Adam hade propsat på att de skulle sätta sig i fikarummet en stund innan de stämplade ut hade hon redan varit på väg hem vid det här laget. Men nu sitter hon istället i soffan och får solen i ögonen från de halvt nedåtvinklade persiennerna och väntar på att Adam ska komma och göra henne sällskap.

Runt omkring henne är det tomt. Kvällspersonalen är igång och jobbar och personalen från dagpasset har passat på att flexa ut tidigare för att njuta av solens värme innan den ger vika för den betydligt svalare temperaturen som meteorologerna utlovat framöver. Dessutom är det bara några dagar kvar till midsommar och det om något brukar ha en förödande effekt på vädret. Bäst att passa på att vara ute i solen medan den fortfarande är kvar.

Dörren öppnas och Klara tittar upp i tron om att det är Adam. Istället är det Tina som kommer in och lutar sig mot köksbänken.

”Jag tyckte väl att jag såg dig gå in här. Jag skulle vilja fråga en sak. Nästan som ett litet test skulle man kunna säga.”

Pulsen skjuter i höjden. Vad menar Tina? Har hon fått reda på missen med provsvaret ändå och testet är huruvida Klara kommer vara ärlig eller inte när hon frågar om det? Hjärtat sjunker som en sten i bröstet. Självklart kommer hon svara ärligt. Det är tillräckligt illa att försöka undanhålla det för Tina. Att ljuga henne rätt upp ansiktet skulle Klara aldrig kunna göra, oavsett konsekvenserna.

"Jag tänkte på ditt ställningstagande på personalmötet när jag tog upp att vi kanske måste ta bort saften här i köket. Den frågan är precis en sådan sak som du och jag skulle diskutera om du blir gruppchef. Så, övertyga mig varför du har rätt i att saften borde vara kvar."

Pulsen saktar ner en aning.

"Hm, jag tror att det finns många fördelar för organisationen som helhet att behålla saften. Förutom orsakerna som nämndes på mötet om att saften fungerar som en livboj på de allra stressigaste passen tycker jag att den viktigaste orsaken till att ha den kvar är mina kollegors reaktion på nyheten. Uppenbarligen är saften väldigt viktig för dem och då tycker jag att den borde vara lika viktig för sjukhuset. Några paket saft kostar inte många kronor om man jämför med vad det skulle kosta sjukhuset om barnmorskor började säga upp sig i protest mot alla nedskärningar. Jag tror att det är viktigt att låta dem känna sig hörda och att deras åsikt faktiskt betyder något.

Klara håller andan medan Tina står tyst och begrundar hennes ord.

"Du har rätt. Bra argument."

Tina ger henne ett uppskattande ögonkast medan hon rätar upp sig från bänken.

"Du har övertygat mig. Saften blir kvar."

Tina vänder sig om och börjar gå. Innan dörren stängs bakom henne tittar hon bakåt mot Klara.

"Bra jobbat. Fortsätt såhär."

Lättnaden sprider sig genom kroppen när dörren stängs. Hon klarade Tinas test.

Men var håller Adam hus egentligen? Om han inte dyker upp snart kommer de inte hinna utbyta många meningar innan det är dags att gå hem.

Klara stryker de svettiga handflatorna mot byxornas ben och dricker en klunk te. Hon sträcker sig just efter en godis ur skålen på bordet när Adam kommer in genom dörren och sätter sig bredvid henne i soffan.

"Du har sett så dyster ut hela dagen efter det där med provsvaret, så jag tänkte att du behöver lite uppmuntran. Som en överraskning."

Adam ler brett medan Klaras ögon smalnar.

"Du vet mycket väl att överraskningar inte är min grej."

"Ja ja, hetsa inte upp dig nu. Jag vet det. Men den här överraskningen kommer du att gilla. Jag tänkte att jag skulle hjälpa dig lite på traven i att bli en bra gruppchef."

Utanför dörren till fikarummet hörs fotsteg som närmar sig.

Klara öppnar munnen, men Adam avbryter henne innan hon hinner säga något.

"Hysch, nu kommer hon. Du behöver inte göra något annat än att bara sitta tyst. För jag gissar att du inte vill gå ut offentligt riktigt än med att du skulle vilja bli gruppchef?" säger han.

Klara skakar på huvudet medan dörren öppnas och Gunilla kliver in. Klara rynkar pannan mot Adam. Är Gunilla hennes överraskning?

"Bra idé att föreslå en kopp kaffe innan vi går hem, Adam. Det är allt för sällan jag tar mig tid att sätta mig ner en stund innan jag går." Gunilla stannar till och hämtar en kopp kaffe innan hon sätter sig på andra sidan bordet.

Adam ler strålande mot henne.

"Eller hur! Så, hur känns det att pensionen börjar närma sig?"

"Jag känner mig mer än redo att få dra ner lite på tempot. Dessutom har gubben min redan gått i pension, så det blir fint att få lite mer tid tillsammans. Vi har pratat om att kanske resa någonstans till hösten."

"Det låter verkligen som en bra plan", svarar Adam. "Men det kommer kännas lite konstigt att få en ny gruppchef. Du måste ha varit det i bra många år nu?"

"Nästan tio år faktiskt. Herregud, vad åren springer iväg", säger Gunilla och skakar på huvudet.

Klara nickar instämmande.

"Hur tycker du att det har varit att jobba som gruppchef?"

frågar Adam och slänger en triumferande blick åt Klaras håll innan han vänder tillbaka uppmärksamheten mot Gunilla igen.

Fina Adam. Han hade rätt i att det här faktiskt är en överraskning som hon gillar. Adam ställer frågorna till Gunilla som han vet att hon vill ha svar på, utan att hon behöver fråga själv och dessutom riskera att avslöja att hon tänkt utmana Eva om titeln som gruppchef.

”Självklart har det sina sämre sidor också, men på det stora hela har jag verkligen trivts med det ökade ansvaret och den organisatoriska biten”, säger Gunilla.

”Hur når du fram till kollegorna? Tror du att det är viktigt att vara social och utåtriktad?” frågar Adam.

”I början var det en utmaning. Innan jag hittat mitt sätt att leda på. Jag tror att det är väldigt individuellt från person till person hur vi väljer att leda andra. Att stå framför folk och att ta plats är något som man successivt vänjer sig vid, så jag tror inte att det ensamt är det som avgör om någon är en bra ledare och chef eller inte. Jag tror att många chefer verkar väldigt utåtriktade, och vissa är säkert det också, men lika ofta tror jag att det handlar om att de har lärt sig att föra sig på ett tryggt och tydligt sätt i sin ledarroll, trots att de egentligen är mer tillbakadragna privat.”

”Det tror jag att du har rätt i. Men hur kändes det med resten av gänget när du blev befordrad? Svallade känslorna? Blev du utfryst?”

Gunilla skrattar.

”Lyckligtvis inte. Jag tycker att de allra flesta behandlade mig precis lika som innan. Jag gick in i jobbet med inställningen att det inte fanns något ’vi och dom’ utan att jag mer skulle vara som en brygga mellan arbetsgivaren och kollegorna. Hjälpa till att sudda ut gränserna.”

Adam och Gunilla fortsätter att småprata.

Klara gör sitt bästa för att le och nicka på passande ställen medan tankarna är upptagna med att analysera Gunillas ord. Kommer hon själv lyckas lika bra som Gunilla om hon kliver fram som ledare och chef för sina kollegor? Trots att Gunillas svar på ett sätt var lugnande kvarstår oron över om kollegorna kommer kunna känna förtroende för henne och respektera henne?

Tankarna letar sig tillbaka till gårdagens jobbpass. Och Rikards ord om att det missade provsvaret skulle kunna påverka hennes chans att bli gruppchef spelas på repeat i huvudet. Klara försöker förgäves att inte dra alltför stora växlar på ett misstag. Trots allt är det sådant som kan hända. Men det känns som en skrämmande utveckling att det förflutna har hittat ännu ett sätt att påverka nutiden. Är en befordran verkligen rätt väg för henne just nu? Kanske vore ett annat jobb, utan bebisar bättre. Ett jobb där hon inte blir konstant påmind om vad hon skulle kunnat ha haft.

Ibland är hon rädd att patienterna och kollegorna ska se igenom hennes försök att distansera sig känslomässigt till bebisarna och få en glimt av sorgen och längtan som ibland smiter förbi i murens sprickor när hon är inne på en patientsal. Speciellt de sällsynta ögonblick när hon tillåter sig att njuta av de små fingrarna runt hennes tumme och den lugnande känslan av det lilla huvudet som varsamt vilar mot hennes handflata.

Kanske vore det lättare att gå vidare i livet om hon inte ständigt behövde vara omgiven av just det som förvägras henne. Slippa riva upp såren gång på gång.

Kapitel 18

Molnen ser misstänkt grå ut där de täcker himlen som en matta. Det vore typiskt svenskt väder om det blev regn på midsommarafton. Men det har i alla fall varit uppehåll hela förmiddagen och vid det här laget borde de flesta hunnit dansat några varv runt midsommarstången och ätit picknick i gräset.

Klara tar upp den stora glasskålen med potatissallad ur påsen och ställer den på ett av de vita lakanen som idag fått äran att agera som duk över de rangliga träborden på förlossningens uteplats.

Hon tittar upp mot himlen igen.

Är det verkligen värt att duka utomhus när en regnskur bokstavligt talat hänger över dem? Fast det är trots allt tradition att samla ihop dem som kan vara med på en midsommarlunch i skiftbytet, både från BB och från förlossningen. Ingenting går upp emot att försöka äta samtidigt som alla måste vara på tårna och ständigt vara beredda på att gå tillbaka in för att bistå en kvinna under förlossningen eller springa på ett akutlarm. I och för sig behöver hon själv inte bekymra sig för det då BB-avdelningen ligger utom räckhåll flera trappor upp. Hon har dessutom inte gått på sitt kvällspass än och har inte hunnit få ett vårdlag att ansvara för.

På bordet finns redan all den klassiska midsommarmaten uppdukad och ägghalvorna trängs med sillburkarna. Klara böjer sig fram för att studera något som skulle kunna vara någon form av fyllda piroger. Hon väljer genast en stol i närheten av fatet. När man varken gillar rå fisk eller ägg blir midsommarmaten lätt en ganska tråkig historia, vilket gör maträtterna som kollegorna från en annan matkultur bidragit med extra lockande. Att stolen dessutom råkar befinna sig längst ut på hörnet, mot buskarna som omringar uteplatsen, är bara ett extra plus och kan omöjligt räknas som ett medvetet försök till distans.

Runt omkring börjar stolarna sakta fyllas, trots att det mer liknar någon form av drive-by för dem som inte har möjlighet att gå ifrån dagpasset.

"Är det ledigt här?" hörs en röst snett bakifrån sekunden innan Rikard kliver in i hennes synfält.

Klara drar efter andan. Vad gör han här? Personalen från neo brukar inte vara inbjudna till midsommarlunchen. De har en egen uteplats, som är mycket större, och brukar äta där.

Rikard verkar kunna läsa hennes tankar.

"Jag blev hitkallad för att titta på ett barn som lät lite rosslig i andningen och när jag nämnde att jag skulle gå av mitt pass nu insisterade dina kollegor på att jag skulle stanna och äta lite först."

Han slår sig ner på den tomma stolen mittemot.

Klara tittar sig omkring. Det finns flera lediga platser vid det långa bordet och han valde ändå att sätta sig här, längst ut. Med henne.

"Jag hoppas på ett lika bra samtal som på förra festen vi var på", säger Rikard lågt efter att också ha tittat runt omkring.

Ingen av de andra vid bordet verkar uppmärksamma deras samtal trots att alla borde kunna höra hennes hjärta, så hårt som det bultar.

Att få höra att Rikard uppskattar deras samtal betyder mycket. Han verkar genuint mena sina ord och hon är definitivt inte van vid att få komplimanger för sin förmåga att småprata.

Klara sänker också rösten.

"Jag har inte hunnit tacka dig ordentligt för att du täckte upp för mitt misstag med provsvaret. Jag värdesätter det verkligen."

"Ingen orsak. Jag tyckte om att kunna hjälpa dig med något."

Hans låga behagliga röst har en lika lugnande effekt på henne som den har på de nyfödda bebisarna och deras föräldrar. Tungan släpper från gommen och axlarna flyttas nedåt. Det är bara det förrädiska hjärtat som inte kan låta bli att slå alldeles för snabbt.

Tänk om kollegorna runt omkring visste vad hon tänker. Att hon … trånar efter en gift man. Det borde vara tillräckligt mycket förbjuden mark för att hon inte ens skulle kunna tänka på Rikard på det viset. Men om hennes rationella sida nu tycker att det är så moraliskt fel med otrohet, varför längtar hon då så mycket efter att få prata med honom igen? Varför blev hon så glad över att få se honom när han satte sig vid bordet? Varför vill hon stanna här och fortsätta prata hela kvällen?

Medan Klara studerar Rikard, som koncentrerat skrapar upp det sista av potatissalladen från tallriken, kommer en av barnmorskorna från förlossningen tillbaka till bordet och tallriken som hon fick lämna i all hast för en stund sedan när larmet ringde.

”Puh, vilket pärs. Det är tur att man får belöningen snabbt. Finns det något bättre än att backa ut ur rummet efter en kämpig förlossning och se den nyblivna familjen stråla ikapp ackompanjerat av snuttandet från den där lilla rosenknoppen till mun?”

Kollegorna runt omkring instämmer livligt.

Rikard lyssnar på samtalet med ett ansiktsuttryck som Klara allt för väl känner igen och som troligtvis återspeglas i hennes eget ansikte. Längtan.

Han suckar och mumlar för sig själv:

”Den mest ljuvliga av bilder.”

”Skulle du vilja ha barn?”

Han rycker till och tittar förvånat på henne.

Klara börjar plocka med besticken som hon lagt bredvid tallriken

”Glöm det. Du behöver verkligen inte svara på det där. Det bara flög ur mig.”

Hur kan hon ställa samma fråga till honom som hon själv hatar att få?

”Jag får skylla mig själv som sitter här och mumlar längtansfullt. Egentligen borde jag väl bli avskräckt från att längta efter barn med tanke på mitt jobb där det ibland kan bli en tråkig utgång, men tyvärr verkar det fungera helt tvärtom. För varje barn som jag lyckas rädda och sedan får se växa och frodas, för att till sista få åka hem, tycks bara min egen längtan bli större."

Klara kan inte släppa de uttrycksfulla bruna ögonen med blicken. Kollegornas samtal försvinner bort.

"Jag skulle älska att få bli pappa. Ha ett eget litet knyte att älska." Rikard ler vemodigt.

"Jaha allihop, då tror jag att det är dags att bryta upp här och återgå till arbetet." Tinas röst från andra änden av bordet får Klara att hoppa till och sticker effektivt hål på deras privata bubbla. Hon tvingar sig att bryta ögonkontakten med Rikard för att istället titta bort mot Tina.

"Jag har tyvärr ett möte nu som jag inte kan bli sen till. Skulle någon av er kunna tänka sig att ta på sig att röja upp här?" Hon låter armen svepa över bordet.

Det blir knäpptyst.

Klara räcker upp handen.

"Jag kan städa."

"Du är en pärla, Klara. Då hälsar jag till dem uppe på BB att du kommer bli lite sen till överrapporteringen."

Uteplatsen töms hastigt när kvällspersonalen går för att ta rapport och snabbt kunna släppa iväg dagpersonalen som säkert är ivriga att få komma hem och fortsätta fira midsommar.

Klara reser sig, hämtar den tjocka rullen med svarta sopsäckar och börjar rulla ut den. En påse till pant, en till papper och en till plast.

Hon sneglar åt höger, mot deras plats, där Rikard dröjer sig kvar. När uteplatsen väl är tom, så när som på dem själva, börjar han samla ihop tallrikarna i en hög.

"Jag hjälper dig gärna att städa."

"Äsch, det behövs inte. Bäst att du passar på att gå hem innan de kallar in dig på någon konsultation 'när du ändå är här.' Du har ju slutat redan."

"Om jag ska vara helt ärlig stannar jag hellre här en stund till med dig än åker hem. Om det är okej för dig såklart?"

Han slänger ner stapeln av papptallrikarna i soppåsen som hon sträcker fram och håller kvar hennes blick tills handen som håller i påsen börjar darra synbart.

"Självklart!"

Pirret i magen återvänder med full kraft och får händernas rörelser att bli fumliga. Efter att ha vält omkull en nästan tom flaska med äppelcider två gånger tvingar Klara sig att stanna upp och ta ett djupt andetag med handflatorna pressade mot bordet.

"Jag tyckte som sagt mycket om vårt samtal på sommarfesten. Det känns som att vi har mycket gemensamt."

Rikard har övergått till att plocka med besticken och verkar undvika hennes blick.

Värmen sprider sig i magen. Kan det vara så att han också blir nervös i hennes närhet?

"Det tycker jag också."

Hon trycker ner ciderflaskan i påsen och vågar sig på en snabb blick uppåt. Rikard står fortfarande halvt bortvänd, med en bunt gafflar i handen, men mungipan som är vänd åt hennes håll vinklas uppåt innan han börjar prata igen.

"För att återgå till samtalet som Tina avbröt så vill jag mer än gärna ha barn. Om det vore upp till mig skulle jag ha haft en hel skock vid det här laget, men Lisa vill göra karriär först." Han drar frustrerat handen genom håret. "Egentligen borde jag inte klaga. Vi flyttade trots allt till Uppsala för att jag skulle kunna ta det här jobbet. Och det innebär att hon måste pendla till sina kunder, som till stor del finns i Stockholm."

"Jag förstår."

I Klaras öron låter det fullkomligt rimligt att låta hans jobb styra. Eftersom han ofta har jour och snabbt måste kunna ta sig till sjukhuset finns inte möjligheten för honom att kunna pendla hit från Stockholm. Men det är nog bäst att hålla sina åsikter för sig själv när hon egentligen inte har någon aning om hur deras diskussioner som lett fram till beslutet har sett ut.

Rikard suckar.

"Det här är den bästa lösningen jag kan se, men jag hade väl kanske tänkt att hon skulle bli mindre intresserad av sin karriär och mer öppen för att bilda familj i och med flytten från Stockholm. Istället blev det nog snarare tvärtom. Jag tror inte riktigt att hon trivs här. Det känns som att hon flyr tillbaka till Stockholm även när jobbet inte kräver det."

Han knyter ihop en full sopsäck och ställer den bredvid ingången.

"Ibland undrar jag om vi kanske är för olika i grunden och har för olika värderingar och mål för att kunna spendera en livstid tillsammans. Hon kanske alltid kommer vara en karriärist och det går inte jättebra ihop med någon som drömmer om att bli familjefar."

Han skakar på huvudet, som om han uppfattar sina egna ord som fåniga.

"Nu får du mig att prata alldeles för mycket igen. Vill du kanske också dela med dig av dina tankar om familjelivet?" Rösten är varm och genuint nyfiken.

"Jag vill inget hellre än att få bli mamma." Klaras röst fylls automatiskt med längtan, trots att hon gör sitt bästa för att försöka hålla det lättsamt.

Hon skrattar till.

"Problemet är att man behöver vara två för att det ska kunna hända." Skrattet fastnar i halsen och orden låter sorgliga istället för lättsamma.

Rikard tar två stora kliv runt det nu tomma bordet och upptar plötsligt hela hennes synfält.

"Tro mig, jag förstår dig precis."

En vindpust letar sig in på uteplatsen och får luggen att fladdra. Irriterat skakar hon till med huvudet för att få den på rätt plats igen och möter Rikards blick.

"Nu måste jag gå upp innan de kommer hit och letar efter mig." Hon gör en ansats att gå mot dörren.

"Vänta, en slinga ligger fortfarande fel."

Rikard sträcker långsamt upp handen och lägger tillbaka hårslingan på dess rätta plats. Istället för att genast sänka handen låter han fingertopparna smeka fjäderlätt över hennes kind.

De efterlämnar ett spår av eld på hennes hud.

Kapitel 19

Klara slänger plasthandskarna i papperskorgen som hänger på väggen och backar ut från patientrummet med stickvagnens kalla handtag i ena handen.

Hon vänder sig i riktning mot sängen.

"Jag kommer tillbaka och berättar provsvaret senare ikväll, men det kan dröja ett par timmar. Så bli inte oroliga om ni inte hör något på en stund."

"Tack så mycket. Vad bra att du sa det, annars hade jag suttit som på nålar och väntat på svaret", säger den nyblivna mamman och lägger pekfingret mot den lilla hakan, drar lite nedåt och rättar till bebisens grepp om bröstvårtan. Det är alltid lika fascinerande att se hur snabbt både mor och barn lär sig amningens ibland svåra konst.

"Försök slappna av så gott det går. Jag tror inte att det här blodprovet kommer visa något avvikande." Klara ler uppmuntrande.

Från sängen bredvid reser sig kvinnans partner upp, sätter upp det långa blonda håret i en hästsvans och sträcker sig efter bebisen, som nu släppt bröstvårtan och nöjt somnat om.

"Hör du det, älskling. Ditt jobb just nu är att vila så mycket som möjligt. Jag och liten bebis tänker sätta oss i fåtöljen och mysa medan du försöker sova en stund."

Klara vinkar åt mamman i sängen medan hon börjar stänga dörren.

"Du har en klok fru. Lyssna på henne och passa på att få lite sömn."

På väg tillbaka från rörpoststationen, där hon just skickat iväg blodproverna till labb för analysering, signalerar larmet i taket att sal tjugofem ringer på klockan.

Klara vänder om och börjar gå tillbaka i korridoren. Sal tjugofem är Hannas sal. Hanna som inte verkar ha någon bra dag och som varit ledsen redan tidigare på dagen när Klara klev på sitt pass.

På väg ner mot Hannas sal har hon perfekt utsikt genom fönstret längst ner i korridoren. Utanför skymtar björkarnas gröna trädkronor och solen skiner samtidigt som enstaka små regndroppar glittrar mot glasrutan. Ett minne av hur hon och hennes mamma ständigt sökte efter regnbågens slut och den stora skatten som skulle finnas där letar sig upp till ytan.

Trots att skattjakterna från barndomen än idag ligger henne varmt om hjärtat – hon kan fortfarande höra mammas glada skratt klinga i huvudet varje gång hon ser en regnbåge – har hon insett i vuxen ålder att hennes mamma nog skulle ha behövt den där skatten på riktigt. Att försörja ett barn som ensamstående förälder var nog inte lätt alla gånger. Trots det gjorde hennes mamma ett fantastiskt jobb. Det kramar till i hjärtat. Fina mamma som fortfarande alltid finns där och ställer upp.

Hannas sal närmar sig och de höga snyftningarna där inifrån hörs redan på håll ute i korridoren.

Klara gör en mental anteckning om att åka ut och hälsa på sin mamma nästa lediga dag innan hon skyndar på stegen och kliver in på salen.

”Det känns som att jag inte får luft.”

Hanna hyperventilerar med tårarna strömmandes längs med kinderna.

Tanken på att akutlarma far igenom huvudet, men Klara bestämmer sig för att avvakta lite och försöka få en överblick av situationen först.

”Så ja, jag är här. Titta på mig.”

Klara sjunker ner på huk framför Hanna, som sitter på sängkanten och skakar av snyftningar. Hon lägger händerna på Hannas knän.

"Jag kan … inte … andas", får Hanna till slut fram.

"Bra att du berättar vad som är fel. Nu vill jag att du andas tillsammans med mig", säger Klara och gör överdrivna andningsrörelser. "In och ut, in och ut."

De fortsätter att andas i takt och Hannas andhämtning lugnar långsamt ner sig medan snyftningarna sakta avtar.

Klara reser sig upp och drar fram en stol så att hon kan sätta sig mittemot Hanna. Lyckligtvis verkar det inte vara något som är fysiskt fel på varken Hanna eller bebisen.

"Hur känns det nu?"

Hanna baddar sig under ögonen med lite papper.

"Mycket bättre, tack." Hon slår ner blicken. "Herregud, vad jag är fånig. Men det kändes verkligen som att jag inte kunde andas."

"Du är absolut inte fånig. Jag förstår att det har varit en tuff dag idag. Men du har inte börjat blöda igen, va?"

"Nej, nej, ingenting sådant. Det är bara …" Hanna avbryter sig. "Äsch, jag har verkligen ingen rätt att klaga."

"Vet du vad, du får klaga exakt hur mycket du vill", försäkrar Klara.

Hanna snörvlar.

"Jag får bara sådan panik ibland. Jag känner mig så fast. Både över att ha behövt vara instängd i det här rummet i flera veckor utan att kunna röra mig som jag brukar." Hon sveper med armen över det lilla rummet. "Men också här inne." Armen ändrar riktning och pekar nu längs med kroppen. "Jag känner mig fångad i min egen kropp. Och ibland hatar jag det. Fast i en främmande kropp som inte alls känns eller reagerar som den brukar. Jag vill bara vara mig själv igen.

Hon börjar snyfta igen.

"Jag har alltid sett fram emot att få vara gravid och har alltid haft någon föreställning om att jag skulle älska det och inte ha några problem, förutom några enstaka små krämpor. Jag skulle vara en av de där kvinnorna som älskar att vara gravida och som påstår att de gärna skulle vilja vara det jämt. Som fortfarande löptränar i vecka trettionio och som jobbar fram till dagen innan förlossningen."

Hon snyter sig.

"Innan graviditeten såg jag förändringen kroppen skulle gå igenom som något vackert. En uppoffring för ett annat liv. Sedan blev jag gravid. Jag fick ont på ställen jag inte hade en aning om att jag kunde ha ont på och symtomen blev så påtagliga. Plötsligt fanns inget vackert alls i att offra min kropp för någon annan.

Hon pausar och möter Klaras blick med tårfyllda ögon.

Klara hummar tröstande och kramar Hannas hand. "Fortsätt du. Berätta allt som ligger och skaver där inne."

"Jag känner mig så självisk som klagar på det här. Men nu när jag är här är känslan ännu värre. Jag känner mig ännu mer instängd än tidigare, både bokstavligt och bildligt talat, sedan jag blev inlagd. Jag är bara så rädd för att jag aldrig kommer känna igen mig själv igen. Återgå till mitt vanliga jag."

Klara lutar sig fram.

"Fast det kommer du. Jag vet att det inte känns så just nu, men när bebisen väl är född kommer du få tillbaka din kropp och den kommer sakta men säkert att börja bete sig som vanligt igen. Det är otroligt hur mycket hormonerna påverkar kroppen och eftersom en graviditet ändå är rätt lång, och kan kännas ännu längre, är det helt naturligt att börja känna sig instängd och tro att det kommer vara för alltid. Men om det är något jag kan lova, så är det att bebisen kommer komma ut."

Klara pausar.

"Om känslorna däremot finns kvar även flera veckor efter förlossningen skulle jag bli mer orolig än vad jag är nu. Då är det viktigt att du pratar med någon och får ett samtalsstöd."

"Jag hoppas att du har rätt. Jag förstår inte hur jag kan vara så här otacksam efter att ha längtat och kämpat så länge för att bli gravid och nu bara klagar jag. Varför kan jag inte bara glädjas över graviditeten och barnet?"

Hanna hänger med huvudet och fingrarna viker oupphörligt filtens kant.

"Du är inte otacksam och jag tror nog att du ändå ser fram emot barnet? Minns du vad vi pratade om för några veckor sedan, när du kom hit första gången? Att separera känslorna och skilja på vad du känner för graviditeten och vad du känner för din bebis. Försök att bara ta en dag i taget. Dina känslor är inte huggna i sten, utan kan mycket väl komma att förändras under veckorna som är kvar av graviditeten.”

Hanna nickar.

”Tack för påminnelsen. Jag tror att du har rätt. När jag började blöda igen fick jag panik över att kunna förlora lilla kickboxaren där inne.” Tårarna börjar rinna igen. ”Jag skulle inte kunna tänka mig något värre. Eller jag kanske borde säga att jag inte *kan* tänka mig något värre. Än är inte faran över.”

Hon lägger handen på magen och underläppen darrar.

”Försök hålla fast vid att varje dag som lillen stannar där inne är en seger. Dessutom är du inne i mycket säkrare veckor nu, så oavsett vad som händer har bebisen mycket bättre odds än för bara några veckor sedan att kunna klara av livet utanför livmodern utan större problem.”

Efter ännu en stund av peppande ord verkar Hanna må bättre igen och färgen har återvänt till hennes kinder.

Klara ursäktar sig så snabbt som möjligt. Väl ute i korridoren släpper den stenhårda självkontrollen och väggarna bli suddiga. Hon blinkar frenetiskt för att få bort tårarna som samlas i ögonen.

Hon känner verkligen med Hanna. Om bara samtalen med henne inte skulle leda till att hon påminns så mycket om sin egen graviditet. Trots att Hannas situation, med en nästan färdigutvecklad bebis där inne i livmodern, är helt olik Klaras egen graviditet som varade bara några månader, känner hon allt för väl igen känslan av ångest och panik.

Samma sekund som hon själv såg de där två strecken på stickan började ångesten mala och gjorde det svårt att glädjas trots att hon verkligen ville ha barnet. Bara tanken på att köpa barnkläder, barnvagn och ställa fram sin gamla spjälsäng orsakade stresspåslag. Allt påminde om det enorma ansvar som låg framför.

När det sedan visade sig att det inte gick vägen och att all stress och oro hade vara förgäves blev känslan av misslyckande ännu starkare. Trots att hon tänkt igenom varenda potentiell fara som skulle kunna inträffa under en livstid kunde hon inte rädda sitt barn från sin egen kropp.

Hennes tvekan till att bli befordrad dyker upp med förnyad kraft. På ett annat jobb skulle hon slippa de här situationerna. Är hennes glädje över jobbet verkligen tillräckligt stark fortfarande?

Kapitel 20

”Hur går det för er? Har du börjat känna något?”

Klara ställer ifrån sig medicinfatet på sängbordet medan hon går tillbaka till flaskan med handsprit som hänger på väggen ovanför tvättstället. Hon tittar frågande på kvinnan i sängen medan den klara vätskan bildar en pöl i handflatan.

Kvinnan suckar och utbyter en uppgiven blick med maken som sitter i fåtöljen framför fönstret. Medan Klara precis påbörjat ett nytt jobbpass har de varit här sedan igår kväll och väntat på att få sätta igång förlossningen.

”Ingen direkt förändring sedan du var här med förra dosen. Jag känner några svaga sammandragningar då och då, men ingenting som gör ont. Ska det verkligen behöva ta så här lång tid att starta igång förlossningen när det är tredje barnet? Förra gången gick det så himla snabbt.”

”Om jag får våga mig på en gissning tror jag att det kommer gå fort den här gången också när det väl startat ordentligt. Men om du inte känner mer än så just nu så ger jag dig nästa dos nu och så hoppas vi att det får livmodern att komma igång ordentligt”, säger Klara.

”Ja, ge mig allt du har. Nu vill jag träffa Lill-killen”, ler kvinnan och sväljer snabbt vattnet som det värkstimulerande läkemedlet är utblandat med.

”Då kommer jag tillbaka med nästa dos om två timmar om jag inte hört något mer från er innan dess. Men kom ihåg att ringa på klockan om du känner att sammandragningarna börjar bli smärtsamma eller om något annat händer.”

Både kvinnan och mannen nickar och ser på varandra med förnyat hopp.

Klara går in på expeditionen och sätter sig vid skrivbordet mittemot Maggan, som jobbar tillsammans med henne idag.

"Vi får hålla ett extra öga på sal tolv. Nu har hon fått nästa dos och förra förlossningen gick på bara ett par timmar. Jag vill helst inte att hon ska föda i hissen på väg ner till förlossningen om det drar igång med dunder och brak."

Maggan nickar.

"Tänk vad mycket lättare vårt jobb skulle vara om den ena förlossningen vore den andra lik."

"Tänk så mycket tråkigare", invänder Klara medan hon loggar in i journalsystemet och signerar att hon givit det värkstimulerande läkemedlet i enlighet med tidsintervallerna för en igångsättning.

"Ja, här är det då inte tråkigt en sekund", skrattar Maggan medan hennes uppmärksamhet återgår till datorskärmen.

Maggan har rätt i att jobbet på BB aldrig är långtråkigt.

Men det är desto mer smärtsamt.

Tankarna från gårdagen återkommer med ens. Älskar hon sitt jobb tillräckligt mycket för att väga upp för alla känslor det rör upp i hennes privatliv? Klara gör sitt bästa för att ignorera tankarna. Ingenting blir bättre av att hon sitter här och grubblar på det. Kanske är det bättre att fortsätta låta tankarna marineras i väntan på att få en knuff i någon riktning.

Hon försjunker ner i dokumentationen och helt plötsligt har en timme rusat iväg.

Klara skjuter bak kontorsstolen.

"Är det okej om jag går och äter lunch nu? Så byts vi av när jag kommer tillbaka. Jag skulle vilja hinna äta innan det är dags för nästa dos värkstimulerande på sal tolv."

Just som Maggan öppnar munnen för att svara plingar displayen över dörrkarmen. "Sal 12" blinkar i rött mot dem.

"När man talar om trollen", mumlar Klara. "Sitt kvar du. Jag går och svarar på ringningen så går jag och äter efter det."

Klara går ut från expeditionen och fortsätter mot sal tolv. När hon höjer handen för att knacka hörs ett djupt stön inifrån rummet. Klara stelnar till medan pulsen ökar. Det där låter inte som en kvinna vars förlossning just startat, det låter som en kvinna som redan plockat fram urkvinnan i sig och låtit instinkten ta över såväl kropp som röst. En kvinna som gör sig redo för att snart krysta ut ett barn.

Knackningen är bortglömd och Klara sliter upp dörren och skyndar in på salen. Lutad över ett gåbord står kvinnan och gungar från sida till sida medan hennes make står bakom och masserar hennes korsrygg.

"Oj då, här verkar det ha hänt saker."

Kvinnan tittar upp med ett leende på läpparna. "Ja, äntligen verkar det ha blivit lite fart på skrutten där inne."

"Hur länge har värkarna varit så här intensiva, Amira?"

Amira börjar stöna igen och försvinner in i sin egen värld.

"I ungefär en timme", svarar hennes man medan han masserar ryggslutet med bestämda rörelser. "Vattnet gick när hon behövde kissa strax efter att du gav henne senaste dosen."

Klaras puls skjuter i höjden medan informationen processas. En omföderska som ska föda barn nummer tre, vattnet har gått, intensiva värkar i en timme och förra förlossningen tog bara ett par timmar.

"Men varför ringde ni inte på klockan?" Klara tittar sig runt i salen medan Amira pressar pannan mot armen och stönar allt högre. "Är era saker packade? Vi åker ner till förlossningen direkt."

Mannen ser förlägen ut. "Vi ville inte störa i onödan."

Klara tvingar sig att ta ett djupt andetag. Ingenting blir bättre av att stressa upp paret med information om hur fort det här kan gå.

"Jag springer och hämtar en rullstol medan du tar era saker, så går vi till förlossningen sedan. Det är dags för dig att bli trebarnspappa."

Klara ler och vänder sig mot kvinnan medan hon samtidigt rör sig mot dörren.

"Fortsätt och andas precis som du gör, Amira."

Klara lämnar paret bakom sig och halvspringer mot koordinatorsexpeditionen. Tack och lov sitter Gunilla, som är dagens koordinator, bakom skrivbordet.

"Sal tolv är igång med rejäla värkar. Kan du ringa förlossningen och säga att vi kommer?"

Gunilla lyfter telefonen och börjar knappa in förlossningens telefonnummer. "Självklart. Och jag informerar Maggan och håller ett öga på dina patienter tills du är tillbaka." Hon sätter luren mot örat. "Gå direkt du. Vi vill inte ha en förlossning här uppe."

Klara grabbar tag i en rullstol på väg tillbaka till salen. Just som hon når fram öppnas dörren och Amira och hennes man blir synliga i dörröppningen.

"Perfekt. Sätt dig så åker vi." Klara gestikulerar mot rullstolen.

Amira sätter sig och kramar hårt runt rullstolens armstöd när nästa värk startar samtidigt som de kommer ut i hisshallen. Klara rullar snabbt in i hissen och håller lika hårt i rullstolens handtag när ett dämpat skrik letar sig ut genom Amiras hårt sammanpressade läppar medan hon kramar sin makes hand.

"Kom ihåg att andas, Amira", påminner Klara.

Amiras läppar säras och hon börjar andas flåsande.

"Just så. Jättebra", berömmer Klara medan de kliver ur hissen och rullar in på förlossningsavdelningen.

En undersköterska kommer emot dem med hastiga steg i den annars tomma korridoren. Men var är alla andra? Alla salsdörrar är stängda på båda sidorna av korridoren och inga röster hörs varken från expeditionen eller fikarummet.

"Välkomna. Följ med in här på sal fyra", säger undersköterskan och vallar in dem i ett förlossningsrum.

"Vill du lägga dig i sängen, Amira?" frågar Klara och pekar på den stora sängen som tar upp det mesta utrymmet i rummet.

Amira andas stötvis.

"Nej."

Hon reser sig upp från rullstolen och förblir stående bredvid sängkanten. Hon sätter händerna mot madrassen och ställer sig bredbent.

"Det trycker på", stönar hon.

Klara snurrar runt mot undersköterskan. "Hämta en barnmorska."

Undersköterskan slår förtvivlat ut med armarna. Hon slänger en snabb blick mot Amiras make innan hon lutar sig närmare Klara.

"Det finns ingen barnmorska som kan komma. Alla är upptagna inne på andra salar. Du får ta emot bebisen", viskar hon.

Klara börjar protestera, men avbryts av Amiras djupa vrål.

"Han kommer nu. Jag känner det."

Det finns ingen tid till varken invändningar eller tankar. Hon måste bistå Amira och ta emot barnet.

Medan Klara river åt sig ett plastförkläde från hållaren på väggen och tvingar ner de fuktiga händerna i ett par handskar drar undersköterskan in den redan iordninggjorda förlossningsvagnen med hjälpmedel.

Klara ställer sig bakom Amira och för sjukhusskjortan åt sidan medan Amiras make gör en förstklassig insats som stödperson och peppar sin fru.

"Han har helt rätt, Amira. Du klarar det här galant. Försök att bara följa med kroppen och krysta när du har en värk. Vi kan se en bit av huvudet skymta redan. Snart är lillen här."

Amira spänner kroppen och skakar av ansträngning medan hon bit för bit hjälper livmodern att pressa ut bebisen.

"Jättebra, Amira. Nu är det snart klart. Nästa värk vill jag att du bara flåsar. Tryck inte på." Klara håller emot med ena handen mot hjässan för att hindra huvudet från att tränga ut för snabbt medan hon håller den andra stadigt tryckt mot mellangården.

Amira flåsar i takt med undersköterskan som visar hur hon ska göra och Klara låter sakta huvudet glida ut.

"Nästa värk vill jag att du krystar igen, så kommer ni att få träffa er bebis."

Amira gör en sista ansträngning och den hala varma bebiskroppen glider ut i Klaras väntande händer. Rummet fylls av gossens skrik medan Klara ger honom till Amira, som utmattad sjunker ner på sängkanten med tårarna forsandes längs med kinderna och sin mans stöttande händer på axlarna.

"Stort grattis!"

Klara tittar på paret framför hennes som nu förvandlats till en trio och ren lycka strömmar genom kroppen. Hon har världens bästa jobb. Självklart är det värt att bli påmind om sin egen sorg för att få möjligheten att uppleva ögonblick som det här.

Kapitel 21

Degklumpen landar med en mjuk duns på köksbänken och får ett moln av mjöl att virvla upp mot Klara. Ett leende sprider sig i ansiktet medan ett lugn lägger sig i kroppen av att göra något som hon känner sig säker på. Så länge Klara kan minnas har passionen för bakning varit något som uppskattats av såväl henne själv som av omgivningen. Att få känna den mjuka varma degen i händerna är en perfekt start på dagen.

Medan degen knådas under handflatorna ser hon Amiras stora leende framför sig och hör hennes mans innerliga tack som ett eko från gårdagen. När Klara lämnade över familjen till en barnmorska på förlossningen hade den lilla gossen redan börjat söka efter bröstvårtan – ivrigt påhejad av sina föräldrar.

Pling!

Dörrklockans gälla ton ljuder i lägenheten och avbryter tankarna.

Klara lägger en bakduk över degen innan hon skyndar ut i hallen för att öppna dörren.

"Hej gumman!"

Hennes mamma kliver in och hänger av sig jackan medan hon pratar.

"Är allt bra? Jag blev så glad att du hörde av dig och ville ses."

Maria lutar sig framåt och ger Klara en kram. Den välbekanta parfymdoften får Klara att le.

"Det är bra. Men jag får lite dåligt samvete över att du behövde sitta och åka in till stan på din lediga dag. Jag hade kunnat komma till dig", säger Klara.

"Äsch, var inte fånig. Det passade mig perfekt med en liten tripp till storstan idag."

Hennes mamma tar täten in i köket. Effektiv som vanligt. Inte undra på att Klara är så dålig på att småprata. Hon har definitivt någon att brås på.

"Det är väl lika bra att vi börjar direkt? Det tar ju lite tid när bullarna ska jäsa också", säger Maria.

"Jag förberedde faktiskt lite innan du kom, så jäsningen av den första degen är alldeles strax klar."

Klara pekar på en bunke i rostfritt stål som står på köksbänkens träskiva.

"Perfekt."

Hennes mamma öppnar hemtamt skafferiet och tar fram ett förkläde som hon knyter runt midjan medan Klara öppnar kylskåpet för att ta fram smöret. Där inne gapar det tomt. Mest lite frukosttillbehör, yoghurt och frukt.

Hon rynkar pannan och stänger snabbt dörren i rostfritt stål innan mamma hinner se och börjar oroa sig över hennes matvanor.

När slutade hon egentligen tycka att det var roligt att laga mat och baka? Morotskakan för några veckor sedan och bullarna idag är det enda hon gjort den senaste tiden.

Ett minne från tiden i tvåsamhet dyker upp. Hon och Jonas som sitter i ett helt annat kök och tar för sig av en chiligryta som fått puttra på spisen hela söndagseftermiddagen. Passionen och stoltheten över matlagning var något som de delade och som band dem samman. Men uppenbarligen inte tillräckligt hårt.

Att laga mat eller baka till bara sig själv efter en lång dag på jobbet är inte alls lika lockande och speciellt inte när det dessutom bara väcker jobbiga minnen till liv om hur det var att ha någon att dela vardagen med.

"Det var länge sedan jag hörde om någon dejt nu." Hennes mammas tankar verkar ha följt samma banor medan hon börjat kavla ut bulldegen på den mjölade bänken med bestämda tag.

Klara tar ner en skål från skåpet över diskhon och börjar blanda ihop smör och vaniljsocker.

”Mm. Jag har lagt ner det där med att dejta ett tag.”

”Åh, har det hänt något? En dålig dejt?”

”Alla har väl varit mer eller mindre dåliga, men nej, inget speciellt har hänt. Jag är bara trött på att börja hoppas inför varje dejt och sedan bli besviken när det inte klickar.”

”Jag förstår det. Jag är bara orolig över att du ska känna dig ensam.” Maria stannar upp med kaveln ovanför degen. ”Men visst vet du att du inte behöver en partner i ditt liv om det inte är vad du vill?”

”Fast jag vill ju ha en familj”, invänder Klara.

”Du skulle bli en fantastisk mamma, gumman. Har du funderat något på att skaffa barn ändå? Som ensamstående.” Hennes mamma rynkar pannan. ”Hemskt ord det där. Du skulle självklart inte vara ensam. Jag skulle stötta dig hela vägen, det hoppas jag att du vet. Trots att jag börjar bli lite till åren finns det gott om ork i både kropp och knopp.”

Klara ler.

”Jag vet det, mamma, tack. Jag hörde faktiskt någon kalla det för självstående för ett tag sedan istället för ensamstående. Det tycker jag lät mycket bättre. Men nej, det är nog ingenting för mig.”

”Jag förstår.”

Maria backar undan från den numera platta degen och överlämnar till Klara att bre på smöret medan hon börjar ställa ut pappersformar på en plåt.

Klara rullar ihop degen medan hon funderar på sin mammas ord. Att skaffa barn ensam skulle såklart kunna vara ett alternativ. Men det hon inte har hjärta att säga till sin mamma är att även om Klara själv hade en jättefin uppväxt med bara en förälder skulle hon vilja ge sitt framtida barn något hon aldrig fick uppleva. Något mer. En hel familj, med två föräldrar. I första hand för barnets skull, men även för sin egen skull. Hon vill inte behöva kämpa lika hårt som Maria gjort. Hon vill ha någon att dela ansvar och jobbiga tider med. Men även det bra. Någon som också tycker att det är veckans höjdpunkt när bebisen tar ett hårt grepp runt tummen. Någon som instämmer i att det ljusa bubblande barnskrattet är det bästa ljudet i världen.

Maria stoppar prydligt ner de skurna bullarna i formar och lägger en bakduk över plåten innan hon tar täten bort till köksbordet och slår sig ner.

Klara ställer en timer och följer efter.

"Jag vill bara att du ska vara lycklig."

"Det är jag redan."

"Om du bara visste hur glad jag blir över att höra de orden. Efter Jonas och …" Hennes mamma tvekar och den lättsamma stämningen i köket försvinner och ersätts av en tung och tryckande känsla.

"Det är okej, du kan säga missfallet. Men du vet att jag helst inte vill prata om det. Inte ens med dig."

"Jag vet. Och jag vill verkligen inte riva upp något igen, men jag blir bara så ledsen när jag tänker på den tiden. Jag vet hur jobbigt det var för dig. Ett tag trodde jag nästan att du inte skulle klara att pussla ihop dig själv igen."

"Inte jag heller." Orden stockar sig i halsen.

"Om bara Jonas hade orkat stanna kvar så att ni kunnat stötta varandra."

"Mm." Rösten låter grötig. "Men jag försöker tänka att det var lika bra att vi insåg redan då att det inte borde vara vi. Eller att han insåg det antar jag."

Egentligen borde det ha varit tydligt från början. De som var varandras motsatser. Men i starten av deras relation fungerade det perfekt. Den extremt extroverta Jonas såg till att dra med henne ut och visade henne ett nytt spännande sätt att förhålla sig till livet. När hon sedan blev gravid, senare än hon tänkt sig men tidigare än han tänkt sig, blev olikheterna till en spricka, som kanske egentligen funnits där redan tidigare, men som nu blev allt tydligare. Medan hon både ville och behövde dra ner på tempot igen, ta det lugnare, hinna landa i det nya och börja boa ville han fortsätta det fartfyllda livet där saker hela tiden måste hända och allt skulle vara spännande.

När de sedan behövde sörja det som aldrig fick bli blev sprickan till en avgrund. Det blev uppenbart att hon själv hunnit mycket längre i planerna och i känslorna för det lilla fröet. Medan hon blev ännu mer tillbakadragen ville Jonas bara glömma och gå vidare direkt. Fortsätta att ha roligt som om ingenting hänt. Och för honom var det kanske så också, att knappt något hade hänt. Kanske var det till och med lite av en lättnad att han nu skulle kunna fortsätta sitt bekymmersfria liv. Nu blev det istället Klara som blev ett bekymmer och som gjorde att han inte kunde fortsätta som vanligt.

Jonas lämnade henne och tog inte bara med sig alla hennes förhoppningar om en familj, utan också alla deras gemensamma vänner som hon sakta börjat bygga upp en relation till. Hennes liv gick från att vara så nära att bli fulländat till att avstanna helt. Trots att hon förstår att vännerna valde Jonas sida när de känt honom längre sved det ändå att ingen av dem ens hörde av sig för att fråga hur hon mådde. Hon som tyckte att hon verkligen ansträngt sig för att lära känna dem och låta dem lära känna henne.

Inte ens mamma visste om graviditeten under tiden som Klara var gravid. Alla protokoll skulle följas och ingen skulle få veta förrän de kände sig helt säkra. Därför visste ingen heller om missfallet. Men till slut gick det inte att dölja längre. Maria blev allt för orolig när veckorna gick och Klara fortfarande gick runt som ett tomt skal. Allt för tyngd av känslan av förlust och meningslöshet för att orka upprätthålla skenet. Trots att uppbrottet med Jonas förklarade och ursäktade mycket av känslorna berättade hon slutligen om missfallet i ett försök att stilla sin mammas oro.

Mamma som alltid varit förebilden. Så stark och van att klara sig själv. Alltid redo att ta sig an allting som kommer i hennes väg med en rak rygg och ett lugnt leende på läpparna. Som aldrig skulle erkänna när det blir för mycket eller att hon behöver hjälp. Som kan verka så öppen och inbjudande men samtidigt skyddar sitt inre med kevlar.

Att behöva erkänna sin sårbarhet var inte lätt, men det var hennes mamma som fick Klara att resa sig igen och som – om än på vingliga ben – skickade ut henne på nytt i världen med en liten gnutta nytt hopp.

Ögonen tåras.

Maria reser sig upp, drar upp Klara från stolen och sveper in henne i ännu en varm kram med doften av trygghet. De står stilla tills äggklockans ringande avbryter stundens allvar.

Klara lösgör sig från de trygga armarna och drar loss varsitt ark med hushållspapper som de båda baddar sig under ögonen med.

”Minns du när vi bakade bullar när du var liten?” frågar Maria.

”Jag minns att jag var mer intresserad av att äta upp fyllningen än själva bakandet.”

”Alltid redo med en stjälpande hand.”

Båda fnissar medan hennes mamma plockar upp plåten med de färdigjästa bullarna och ställer in den i ugnen. Ugnsluckan åker igen med en smäll.

Kapitel 22

Vid den stora huvudentrén till kvinnokliniken på Ackis är det lugnt och stilla den här tiden på morgonen, speciellt på högsommaren när semestern är i full gång. Friden störs endast av enstaka morgontrötta personer på väg till ännu ett dagpass i Landstingets tjänst.

När Klara går ut genom entrén på eftermiddagen kommer den lilla asfaltsplätten istället att vara fylld av såväl taxibilar, privata bilar och människor i olika livsstadier. Någon som går ut genom entrédörren kanske just fått sitt livs värsta besked om cancer som växer i kroppen medan personen bakom precis fått bevittna när hans fru var en superkvinna och gav honom det bästa som hänt i livet. Sorg och glädje. Allt måste rymmas och få ta sin plats innanför de automatiska dörrarna.

Klara går med målmedvetna steg in i det okända som väntar bakom glaset. Varje pass är olikt det förra och det är omöjligt att säga vad som väntar just den här dagen. Himlastormande lycka eller bottenlös sorg?

”Klara? Vänta!”

Den efterlängtade rösten får kroppen att tvärstanna innanför dörren.

”Jag tyckte väl att det var du. Vilken dåre man är, hålla på och gasta sådär över hela parkeringen.” Rikards kinder ser svagt rosa-färgade ut, men han ler brett och verkar inte ångra sitt tilltag allt för mycket. Han fortsätter: ”Vad glad jag är att stöta på dig här. Jag har försökt ändra i mitt schema hela veckan för att få gå upp till BB och ronda. Men mina kollegor har varit ytterst motsträviga.”

Han drar handen genom håret och ser ut att tveka innan han tar ett djupt andetag.

"Jag ville ronda på BB för att jag hoppades på att du skulle jobba och att jag skulle ha en legitim anledning till att få träffa dig igen."

Klaras mungipor dras uppåt till ett brett leende. Han har försökt ändra om schemat för att få träffa henne. Nu finns det inte längre någon tvekan om att han flirtar med henne. Nu måste hon också våga uttrycka vad hon känner.

"Jag har önskat varje dag att det ska vara din röst i telefonen när läkarna ringt för barnrond." Sanningen hoppar ur munnen. Det kanske var ett lite större avslöjande än hon tänkt, men orden är redan sagda och går inte att ta tillbaka.

Hon håller andan.

"Det gläder mig att höra."

Nu står båda och ler brett mot varandra.

"Har du några planer efter jobbet idag?" frågar Rikard. "Restaurang Stationen ska tydligen vara ett jättebra ställe för afterwork. Jag har varit sugen på att gå dit jättelänge." Han fortsätter snabbt: "Om du vill och inte har några andra planer förstås. Det kanske är lite sent påtänkt att fråga samma dag. Jag förstår att du troligtvis inte kan."

"Jag har inga planer efter jobbet. Det låter jättekul."

"Toppen! Ska vi säga att vi träffas där klockan fyra?"

"Det blir perfekt."

Vid hisshallen skiljs de åt. Rikard väljer trappan ner till neonatalavdelningen, medan Klara trycker på hissknappen med en pil nedåt.

Fötterna trampar upp och ner medan hissen inte verkar göra sig någon brådska att ta sig till bottenvåningen. Till slut känns det som att kroppen ska explodera av energi. Hon vänder om och drar upp dörren till trapphuset. Stegen ner till kulverten och omklädningsrummet har aldrig varit så lätta att avverka.

När hon bytt om och istället står i hissen på väg upp till avdelningen spritter det fortfarande i kroppen. Men medan händerna är upptagna av att försöka lirka ut matlådan ur väskan börjar pirret ge vika för ett växande tvivel. Var det verkligen en bra idé att tacka ja till Rikards inbjudan?

Trots kroppens förrädiska känslor säger huvudet fortfarande att otrohet är fel och ingenting som hon borde ha någon del i. Men frågan är om hon fortfarande har något val? Attraktionen till Rikard blir bara svårare att motstå och börjar sakta övergå till känslor.

Känslan av att stå vid ett vägskäl dyker upp. Eller kanske snarare en klippkant. Skillnaden mellan den kommande träffen på Stationen och deras tidigare är milsvid. Tidigare har de fått förlita sig på slumpen och träffat på varandra mer i rollen som barnmorska och läkare. Det här mötet blir deras första planerade möte där de aktivt stämt träff istället för att bara befinna sig på samma plats samtidigt. Och det här mötet blir definitivt mellan mannen Rikard och kvinnan Klara. Istället för barnmorskan och läkaren som kan gömma sig under titlar och bakom patienter.

Och även om läkaren Rikard framstår som fri och tillgänglig på jobbet är sanningen att mannen Rikard lämnar sjukhuskläderna på jobbet och åker hem till sin fru för att ikläda sig ännu en roll, som äkta make. Att medvetet stämma träffa med någons make kan inte räknas som något annat än ett stort övertramp mot hennes principer. Principer som var självklara och bergfasta fram till för bara några veckor sedan. Principer som kändes mycket lättare att definiera innan de varma bruna ögonen mött hennes och omkullkastade såväl känslor som värderingar.

Å andra sidan har Rikard varit tydlig med att äktenskapet knakar i fogarna och är långt ifrån lyckligt. Hur kan Lisa vara mer intresserad av sin karriär än av mannen som vill göra henne till mamma och ge henne en familj? Kan hon inte se hur mycket det sårar honom att alltid komma i andra hand efter jobbet? Med tanke på kommentaren på sommarfesten om att han hellre hade velat stanna hemma verkar *han* inte ha några problem att prioritera familjen.

Bilden av varma fina Rikard tillsammans med Lisa som, i alla fall enligt vad Rikard berättat, snarare verkar kall, går inte ihop. Kanske är det bara en tidsfråga innan äktenskapet inte längre kommer finnas där och utgöra ett hinder? Och varför ska hon själv då vänta på vad som verkar vara det ofrånkomliga slutet innan hon kan börja träffa Rikard? När de kan få så mycket mer tid tillsammans redan nu.

Klara rynkar pannan. Hon vet mycket väl att tankarna spinner i den här riktningen för att det är lättare för samvetet att måla upp Lisa som skurken och Rikard som hjälten. Trots allt har Lisa gått med på att flytta till Uppsala till förmån för Rikards karriär och inte sin egen.

Klara hivar in väskan i plåtskåpet i det så kallade omklädningsrummet uppe på avdelningen och stänger hänglåset med ena handen samtidigt som den andra handen håller i matlådan. Fingrarna drar automatiskt över rullarna med siffror för att få bort den öppnande kombinationen. Om det ändå vore lika lätt att sudda bort sina tankar.

Vad vill egentligen Rikard med den här träffen? Räknas det som någon form av dejt där han försöker säga att han också är villig att se om deras lilla gnista kan växa till något mer? Eller menade han bara en vanlig afterwork för att det är kul att träffa sina kollegor i en mer privat miljö och lära känna dem bättre? En bild dyker upp i huvudet där hon kommer in ensam genom dörrarna på Stationen efter jobbet och ser Rikard sitta mitt i en grupp av kollegor.

Ju längre dagen går desto tydligare blir bilden. När det är dags för lunchrast har förödmjukelsen redan tagit över framsätet, styr tankarna med järnhand och gör sig redo för att blomma ut till fullo. Att stå där ensam om han menat en lättsamt och avslappnad afterwork i grupp går bara inte att riskera.

Just som orostankarna börjar bubbla över öppnas dörren till lunchrummet och Adam och Malin kommer in. Malin säger något till Adam och båda skrattar högt. Det ser både lättsamt och avslappnat ut. Om de skulle gå fram till kylskåpet och ta fram varsin kall flaska öl, med kondens rinnandes längs med sidorna, skulle bilden av en afterwork vara komplett.

Ett snabbt beslut formas. Hon behöver några kompanjoner som kan se till att hon inte dyker upp ensam.

Klara stirrar på Adam.

Titta hit då, för guds skull.

Äntligen vänder han blicken mot hennes bord. Hon pekar menande på de lediga platserna på andra sidan bordet.

Adam nickar, tar ut matlådan ur micron och sätter sig mittemot.

"Hur känner sig matlådorna om man ger dem en komplimang i micron?"

Klara rynkar pannan.

"S-mickrade!" Adam skrattar medan Klara himlar med ögonen.

"Oerhört fyndigt."

"Jag kom på det själv. Alldeles nyss."

"Det anade jag nästan."

Äntligen har Malin också värmt klart sin mat och gör honom sällskap på andra sidan bordet.

"Vad skulle ni säga om en afterwork på Stationen efter jobbet?"

"Ja, vad kul! Jag är på", säger Malin.

"Idag?" Adam hissar upp ögonbrynen.

"Just precis. Rikard och några till från neo kommer också."

"Bjuder du in oss till en afterwork? Idag? Med några från neo?"

"Det var ju det jag just sa. Varför låter du så förvånad?" säger Klara.

Adam höjer avvärjande händerna.

"En spontan afterwork med några vi inte känner speciellt väl känns bara inte riktigt som din stil."

"Det kanske är min nya stil."

"Aha, så gruppchefs-Klara är en afterworkare alltså."

"Just precis."

Kapitel 23

I samma sekund som de kliver in genom dörrarna på Stationen inser Klara sitt misstag. Vid ett bord längre in i den stimmiga lokalen sitter Rikard. Ensam. Och bordet är dukat för två. Han menade alltså inte alls det här som en afterwork med kollegor.

Tankarna rusar. Finns det något hon kan göra för att rädda situationen? Klara sneglar bakåt, mot Adam och Malin som skulle vara hennes räddning, men som hon nu önskar befann sig vart som helst förutom just här. Men det finns inte mycket annat att göra än att bita i det sura äpplet och acceptera sitt misstag. Det är inte direkt som att hon kan vända sig om och ta tillbaka sin inbjudan när de till och med hunnit kliva in i lokalen.

Klara suckar ljudlöst och börjar kryssa sig fram till bordet med Adam och Malin i släptåg.

Vid första anblicken ter sig den stora lokalen harmonisk, trots sin egentliga disharmoni med en restaurang med en smak av Paris, en bar med Londons puls och ett café med en doft av Rom. De stora välvda fönsterna har vita spröjsade ramar och tunga gröna sammetsgardiner. De täcker större delen av väggarna och utgör en skarp kontrast till väggarnas mörka träpanel och det vita takets rutiga stuckaturer. Ljusslingorna ovanför bardisken ger en modern touch till den gammaldags lyxen med sammetsmöblerna, de rustika stora röda mattorna och de spröda lamporna invirade i skirt tyg i taket.

När de nästan är framme höjer Rikard blicken och ser henne. Han lyfter handen till hälsning och reser sig upp från stolen. Ögonen vidgas när han ser de två personerna i hennes kölvatten.

”Eh, hej på er. Allihop.”

Adam sveper med blicken över det dukade bordet och rynkar pannan mot Klara.

”Sa du inte att det skulle vara fler från neo här?”

Klara stirrar på honom utan att få fram ett svar.

Rikard harklar sig.

”Eh, de fick förhinder i sista sekunden. Så ni får nöja er med bara mig är jag rädd.”

”Det är väl inte så bara. Men det här bordet är på tok för litet för fyra personer. Jag går och letar upp ett annat åt oss”, säger Malin.

Hon ångar iväg djupare in i lokalen och en kompakt tystnad uppstår medan de ser henne försvinna bort.

Lyckligtvis vinkar hon snart från ett större bord närmare baren och Rikard går ditåt med stora kliv.

Klara följer efter genom rummet, fram till det massiva trä-bordet med höga barstolar. Det skotskrutiga tyget på stolens armstöd känns mjukt under handen när hon häver sig upp.

De verkar inte vara ensamma om att vara här på afterwork. Nästan vartenda bord är fullt och ljudnivån är tillräckligt hög för att de ska behöva höja rösten en aning för att höra varandra över bordet, men inte oangenämt hög. Musiken strömmar oavbrutet ut ur högtalarna och gör sitt bästa för att överrösta det pysande ljudet från kaffemaskinen, bartenderns shaker som klirrar av is och skramlandet av porslin.

Det visar sig snabbt att Klaras nervositet varit överdriven. Trots den lite tveksamma starten och den mycket tveksamma delta-garlistan har de riktigt trevligt. Och lyckligtvis är de andra tre i sällskapet pratsamma av sig, så samtalet flyter på fint utan att Klara behöver känna någon press att bidra mer än hon vill till konversationen.

När notan är avklarad försvinner Malin, som ska jobba dag imorgon, raskt iväg till sin buss. Rikard står avvaktande bredvid bordet där Klara sitter kvar medan hon låtsas leta efter något i väskan.

”Fyran går om sex minuter. Vi borde hinna till busshållplatsen på den tiden om vi går nu." Adam tittar upp från telefonen där han just tittat i lokaltrafik-appen.

Klara skruvar på sig.

"Jag måste gå på toaletten först. Men du behöver inte vänta. Ta den bussen du, så tar jag nästa."

"Äsch, jag kan vänta på dig."

Rikard står fortfarande kvar och betraktar tyst deras meningsutbyte.

"Nej då, det behövs inte. Jag kanske tar en promenad hem sedan istället. Gå till bussen nu, innan du missar den."

Adam väger på hälarna och tittar från Klara till Rikard. En rynka dyker upp över näsroten.

"Hm, ja okej, tack för ikväll."

Han följer den långa röda mattan mot dörren och försvinner ut i kvällssolen.

Klara tittar upp från väskan som hon inte längre behöver låtsas rota i, kliver ner från stolen och hänger axelremmen över axeln.

"Så, en afterwork med kollegorna alltså", säger Rikard med höjda ögonbryn.

Klara väter läpparna som plötsligt känns torra.

"Jag blev lite osäker på vad du egentligen menade där ett tag."

Rikard ler med blixtrande vita tänder.

"Jag hade absolut trevligt, men det var kanske inte riktigt vad jag tänkt mig."

"Vad hade du tänkt dig?"

Hjärtat slår snabbt och ojämnt och resten av världen känns långt borta.

Rikard tittar sig hastigt omkring innan han överbryggar mellanrummet mellan dem med ett enda effektivt steg.

"Jag hade tänkt mig något mer i den här stilen." Han böjer sig fram och andas lätt på hennes kind innan han låter läpparna nudda fjäderlätt på samma ställe. Han dröjer sig kvar och vänder munnen mot hennes öra.

"Jag hoppas att vi springer på varandra snart igen."

Kapitel 24

Solen gassar obarmhärtigt från sin plats uppe på den blå himlen trots att klockan inte ens passerat lunch ännu.

Klara skyndar på stegen mot busshållplatsen. Äntligen en ledig dag där det dessutom är riktigt sommarväder. Dagarna efter afterworken har varit fyllda av regn och alldeles för mycket jobb. Men nu är högsommaren här på riktigt och antalet födslar skjuter som vanligt i höjden. Den här lediga dagen kunde inte ha kommit mer lämpligt efter övertiden på kvällspasset igår.

Sandalerna klapprar mot den svarta asfalten när hon ökar farten ytterligare. Det känns definitivt inte lockande att behöva stå i den trettiogradiga värmen och vänta på nästa buss.

När hon närmar sig och kommer inom synhåll från hållplatsen sträcker Adam upp handen i luften och vinkar. Hans breda flin syns på långt håll. Så nöjd över att komma först ännu en gång. Nu kan hon inte längre hävda att det var en engångsföreteelse när han kom först till deras förra möte vid utegymmet.

”Det trodde du inte, va, att jag skulle hinna hit före dig?”

”Verkligen inte. Jag måste uppenbarligen skärpa mig. Att stå och vänta på dig är ju det bästa jag vet.”

”Såklart att det är.”

”På tal om att vänta, skulle Malin möta oss på stan?” frågar Klara.

”Hon kunde inte följa med ändå. Hon skrev i morse att hon tackat ja till ett extrapass idag.” Han himlar med ögonen. ”Du vet hur det är när de ringer och bönar och ber. Men det betyder att du får lyxen att njuta av mitt sällskap exklusivt hela lunchen.”

Skrattgropen blir synlig.

"Vilken obeskrivlig ära."

Klara skrattar, men det är faktiskt en liten lättnad att höra att Malin inte kan följa med. Trots att de kommer bra överens är det lättare att vara mer avslappnad och mer sig själv när det bara är hon och Adam.

Korgstolen skrapar mot trätrallen när Klara drar ut den och sätter sig ner. Mittemot henne gör Adam samma sak. Hon lägger solglasögonen bredvid tallriken och tittar kisandes uppåt. Det stora tyget som är uppspänt över deras huvuden tillåter precis lagom mängd solljus att tränga igenom.

Nästan alla bord runt omkring dem på uteserveringen är fyllda med folk som njuter av en lunch ute i det fina vädret.

Luften är kvav och varm och Fyrisåns mörka vatten nedanför deras bord ser underligt nog inbjudande ut, trots att hon aldrig skulle få för sig att bada där.

Adam studerar koncentrerat menyn innan han meddelar sitt val av ölsort till servitören. Klara väljer ett glas rosé.

"Det här måste vara en av de bättre sakerna med att behöva jobba skift, att vi kan sitta här och låtsas ha semester mitt i en arbetsvecka", säger Adam.

"Betyder det att du är villig att erkänna att det var en bra idé att byta ut träningspasset mot lunch?"

"Hm, jag vidhåller min tidigare åsikt om att det ultimata hade varit både ett träningspass och lunch", säger Adam innan han fortsätter: "Så, hur går det med dina planer på att ta över rodret för avdelningen?"

"Ta över rodret var väl ändå att ta i."

Han ler åt svaret, men väntar på hennes fortsättning utan att säga något mer.

"Tyvärr tror jag inte att det går något vidare. Mitt senaste försök till att vara lite mer social var på sommarfesten och du minns väl att jag berättade att det slutade i katastrof?"

"Jag skulle knappast kalla det en katastrof att inte vara bra på charader."

”Inte i din värld kanske.”

”Du har inte tänkt tanken att du helt enkelt ska testa att vara dig själv, men lite mer av dig själv bara. För att leka charader med våra kollegor känns milsvitt från din personlighet. Det är knappt så att *jag* gillar charader.”

”Nej då, jag behöver jobba på det ännu mer bara. Du kommer inte att tro dina ögon när det väl är dags för årets julfest och jag har hunnit briljera som gruppchef i flera månader.”

De flinar mot varandra och tystnar medan servitören kommer tillbaka och ställer deras dryck på bordet.

Klaras blick fastnar vid en skrattande treåring som springer runt några bord bort, jagad av sin pappa med en flaska solkräm i handen. Pappan lyckas till slut fånga sin rymling och hissar upp henne i luften medan den lilla kroppen vibrerar av bubblande skratt. Vid bordet sitter mamman och skakar leende på huvudet medan hon ammar en bebis som inte kan vara äldre än några månader.

Vid glasskiosken en bit bort från restaurangens uteservering sitter ett gäng tonåringar och kastar pommes frites på varandra medan barn i yngre skolåldern trängs och knuffas på trappan upp till beställningsluckan i sin iver att få peka på den färgglada planschen med sommarens glassar, som bara verkar få fler och fler svarta kryss av tejp.

”Varför täckte egentligen Rikard upp för din miss med blod- provet?”

Adams ord rycker bryskt Klaras vandrande blick tillbaka till honom. Han tar en klunk av ölen och rösten låter lojt nyfiken.

”Jag menar bara att jag inte tror att han skulle göra så för vem som helst och jag trodde inte att ni stod varandra speciellt nära?”

”Helt ärligt blev jag också förvånad över att han gjorde så.” Klara tvekar. ”Vi har fått någon slags … kontakt på senaste ti- den.”

Adams ögon vidgas.

”Vad menar du med kontakt?”

”Vi har haft väldigt fina samtal och så.” Klara tar en klunk av det kalla vinet. Bubblorna kittlar på tungan. ”Kanske flirtat lite.

Eller jag vet inte riktigt.”

”Du vet inte om ni flirtat? Men Klara, Rikard är gift.”

Klara följer glasets fot med fingret med en sjunkande känsla i magen.

”Jag vet.”

Adam sitter tyst och väntar tills hon möter hans blick.

”Visst har jag nämnt att mina föräldrar är skilda?”

”Mm.”

”Men jag har aldrig berättat varför.” Han fortsätter titta henne rakt i ögonen med ett okaraktäristiskt allvarligt ansiktsuttryck. ”De skilde sig för att min mamma var otrogen mot min pappa. Hennes otrohet splittrade vår familj och jag har nog fortfarande inte riktigt förlåtit henne för det, trots att det var många år sedan nu och att jag verkligen jobbat på det. Min pappa har definitivt inte förlåtit henne. De kan fortfarande inte ens vara i samma rum eller föra ett civiliserat samtal utan att det slutar med att de börjar skrika på varandra.” Han drar efter andan. ”Så lita på mig när jag säger att det inte är någon bra idé att flirta med en gift man.”

”Men deras äktenskap verkar inte speciellt bra. Hans fru är aldrig hemma och de verkar bråka jämt.”

”Och det gör att hon förtjänar att hennes man flirtar med någon annan? Att någon rättfärdigar sina snedsteg med att snacka skit om den andra parten behöver inte automatiskt betyda att det varken är sant eller rätt.”

Han drar handen genom håret.

”Jag vet ingenting om deras äktenskap, men jag vet att min pappa definitivt inte är någon dålig person som förtjänade att bli utsatt för otrohet, och ändå hände det honom.”

En känsla av kyla lägger sig som en klump i magen, trots att den varma temperaturen borde få hennes kropp att koka. Adam har definitivt en poäng i sitt resonemang. Trots allt får hon all sin information från Rikards synvinkel av situationen. Det kan mycket väl vara så att Lisa har en helt annan bild av deras äktenskap. Men ändå, Adam har varken hört förtvivlan i Rikards röst när han pratar om äktenskapet eller sett längtan i hans blick när han pratar om familjelivet som han drömmer om.

"Även om Lisa inte är någon dålig person är Rikard ändå olycklig i äktenskapet", säger Klara.

"Han är fortfarande gift. Om nu äktenskapet är så dåligt borde han stanna och reda ut det, eller lämna sin fru innan han bestämmer sig för att flirta med andra."

Självklart har Adam rätt i det han säger. Egentligen är det fånigt att hon försöker försvara sitt beteende när hon egentligen håller med honom.

"Jag vet att det är fel och att vi borde sluta. Men samtidigt *vill* jag inte sluta."

"Jag antar att det är upp till dig hur du vill göra. Jag kan inte tvinga varken dig eller honom. Ni är vuxna människor båda två. Jag hade bara inte väntat mig att du skulle kunna vara okej med något sådant."

Klara vänder bort blicken mot familjen några bord bort. De reser sig just upp och går. Beror den svidande känslan i maggropen på skam eller trots? Kanske både och? Det sista hon vill är att göra något som äventyrar vänskapen med Adam. Samtidigt är det *hennes* liv och framtid det handlar om. Det är klart att det är lätt för Adam att avfärda hennes känslor för Rikard som rätt och slätt fel. Men hur kan det vara så fel när det känns så rätt?

Kapitel 25

”Nu har vi väntat i över en timme på utskrivningssamtal. Varför tar det så lång tid?” Den nyblivna mamman som ställer frågan sitter på en stol framför fönstret och tittar längtansfullt ut på den strålande solen utanför.

Det är varmt och kvavt i rummet, precis som i alla rum på hela avdelningen sedan sjukhuset bestämde att inga fönster i patientsalar längre skulle kunna öppnas. Den nya lilla familjemedlemmen verkar dock trivas bra i värmen och snusar lugnt i sin mammas famn medan pappan otåligt vankar av och an över golvet och höjer sin kroppstemperatur ytterligare.

Klara trycker av ringningen på dosan bredvid dörren. Det här är tredje gången som paret ringt på klockan under tidigare nämnda timme, för att fråga om de inte ska få åka hem snart.

”Jag vet att ni fått vänta länge. Jag ber så hemskt mycket om ursäkt. Jag jobbar på så snabbt jag kan, men jag måste prioritera det viktigaste först.”

Klara står med ena foten inne på salen och den andra utanför. Att svara på deras ringningar gör bara att det tar ännu längre tid innan hon får möjlighet att hinna med deras utskrivning, men den tanken verkar inte ha slagit dem.

”Jag vill inte vara otrevlig eller så, men jag har ett möte inbokat klockan tre och hade tänkt vara hemma till det.” Mannen stannar upp och pressar ihop läpparna.

Och jag hade en lunchrast inbokad klockan tolv, men den har jag inte sett röken av ännu.

Klara tränger undan tanken och pressar istället fram ett leende.

"Jag förstår. Jag återkommer som sagt så fort jag kan."

Klara stänger dörren och tittar på salen bredvid, där mamman nyss börjat gråta när Klara berättat att de måste åka hem idag för att salarna behövs till kvinnor och bebisar med större vårdbehov än kvinnans egen familj.

Känslan av otillräcklighet kryper i kroppen. Det är alltid problem med utskrivningarna. Antingen bönar och ber familjerna om att få stanna och känna tryggheten av sjukhuset ett tag till eller så vill de gå hem samma sekund som de själva känner sig redo, utan att förstå hur mycket som måste fixas och dubbelkollas innan de kan lämna sjukhuset. Hon måste ha hängslen och livrem. Allt måste vara perfekt. Aldrig fel, osäkert eller lite tveksamt. Aldrig slarv eller lite hipp som happ. Liv och död.

Hon tvingar benen att gå ännu snabbare. Utskrivningspapperena måste förberedas. Pappan måste hinna hem till sitt möte.

Klara slänger sig ner på skrivbordsstolen inne på expeditionen efter att äntligen ha släppt hem den ivriga familjen. Nu *måste* hon hinna dokumentera lite av det hon gjort senaste timmarna.

På expeditionen är det tomt och högarna med papper och kvarglömda kaffekoppar är ännu värre än vanligt. Framme vid dörren står stickvagnen på sned med brickan full av tomma plastförpackningar som innehållit sprutor, korkar och nålar. Hennes kollegor har alla lika mycket att göra och ingen har tid att låna ut en hjälpande hand till någon annan.

Det verkar som att alla kvinnor i Uppsala bestämt sig för att föda barn just det här dygnet och Akademiska sjukhusets genomsnitt på elva förlossningar per dygn är sedan länge passerat och snarare uppe i det dubbla. Tyvärr är det inte lika lätt att dubblera vare sig deras patientsalar eller deras personalstyrka.

Nattpersonalen hade enligt rapporten om möjligt haft det ännu värre under nattens sköra timmar och tvingades till slut placera en familj i undersökningsrummet, där gynstolen står, när patientsalarna inte längre räckte till. Nu verkar det dock ljusna en aning efter att de ägnat dagen åt utskrivningssamtal och att skynda på hemgångar där det egentligen hade varit bättre för familjen att stanna en dag till.

Larmdisplayen i taket piper oavbrutet och de röda siffrorna blinkar uppfordrande om salarna som önskar hjälp. Klara önskar att hon själv kunnat trycka på en larmknapp för att få hjälp just nu.

Precis när hon äntligen loggat in i journalsystemet och klickat upp rätt patient piper larmet om att sal åtta behöver hjälp. Hennes sal. Hon väntar några sekunder i hopp om att Malin har möjlighet att svara, men nej. Dokumentationen kommer få ske på övertid. Igen.

Klara kommer tillbaka in på expeditionen, efter en långdragen amningsrådgivning på sal åtta, just som kvällspersonalen anlänt. Eva står och väntar vid skrivbordet som tillhör Klaras vårdlag. Evas mungipor är riktade nedåt och hon knackar med fingrarna mot skrivbordets skiva.

Åh nej.

En överrapportering till Eva är inte direkt vad Klara hoppats på efter det här mardrömspasset.

Efter att ha tvingat upp sina egna mungipor går Klara fram och sätter sig bredvid Eva och hennes undersköterska. Hon räcker över pappersbunten som hon har i händerna.

"Ursäkta att ni fått vänta lite. Jag var och hjälpte till vid en amning som drog ut på tiden. Men jag har i alla fall hunnit uppdatera rapportbladen åt er."

Eva tar emot pappret och fnyser.

"Det har varit helt galet här idag, som ni säkert redan hört, så jag har tyvärr inte hunnit dokumentera någonting i journalerna än. Ni får gå på det som jag rapporterar muntligt nu och det som står på rapportbladet så länge. Jag har inte hunnit äta lunch heller, så jag tänkte slänga i mig matlådan och sedan sätta mig och dokumentera innan jag går hem."

"Ja, så kan man ju också jobba." Eva snörper på munnen. "Med god planering hinner man med både sina arbetsuppgifter och att äta lunch på sitt pass, utan att varken behöva jobba över eller dumpa en massa ogjorda arbetsuppgifter på sina kollegor."

Klara stirrar på henne och tror inte sina öron. Om käkarna inte hade varit så hårt sammanbitna av stress skulle hon ha tappat hakan. Eva vet mycket väl att BB är en avdelning där de bedriver akutvård, som gör det helt omöjligt att planera fullt ut om man inte råkar vara ett orakel som kan förutsäga vilka kvinnor som kommer föda barn just det passet.

"Mm. Men så är det i alla fall. Då börjar jag rapportera nu." Det är ingen mening att säga emot Eva. Hon skulle bara starta ett gräl i onödan.

Klara drar igenom rapporten så snabbt som möjligt utan att för den skull låta slarvig. Eva ska inte få möjlighet att klaga på det också.

När hon avslutat och just kommit utanför dörren till expeditionen hörs Evas missnöjda röst bakom ryggen:

"Katastrof. Att man behöver börja arbetspasset med att ta över ett misskött vårdlag. Ska det verkligen få vara så?"

Först bränner skammen genom kroppen. Eva har rätt i att hon inte lämnat över allting i perfekt skick. Det är hon redan alltför medveten om, utan att någon behöver påpeka det. Det är fullt tillräckligt att hon själv kommer analysera sin dag in i minsta detalj när passet väl är slut, för att hitta alla potentiella misstag i sin prioritering. Men det är väldigt mycket lättare att vara klok i efterhand, med all fakta på bordet.

Sedan tar ilskan över. Vem tror Eva att hon är egentligen? Självklart har Klara gjort sitt bästa för att hinna allt, men anledningen till att de har tre skift är just att arbetet är ständigt pågående och inte går att göra helt färdigt. Det är istället meningen att de ska lämna över stafettpinnen till nästa person.

Självklart finns det en viss förväntan på vad som bör hinnas med under ett dagpass. Och Klara vet mycket väl att hon utfört betydligt mycket *mer* än vad som kan förväntas på det här passet, men med tanke på att varje utskrivning bara resulterat i att hon fått upp en ny patient från förlossningen syns det inte på rapportbladet.

Ett minne från tiden som sjuksköterska dyker upp i huvudet. När Klara på ett kvällspass vägrade ge en dam ännu en sömntablett. Det spelade ingen roll hur noggrant hon än försöktc förklara att en till sömntablett skulle bli för mycket och innebära en fara för damens liv. Det gick bara inte fram. Damen blev mer och mer upprörd, kallade henne för maktgalen och likställde henne med en diktator.

Meningsutbytet slutade med att Klara försökte säga att hon bara gjorde sitt jobb och försökte göra sitt bästa. Varpå damen borrade in blicken i hennes och med iskall stämma sa: "Då kanske ditt bästa inte är gott nog."

Vad svarar man på ett sådant uttalande?

Ungefär samma känsla dyker upp i kroppen som den gången.

Eva kan omöjligt få bli gruppchef. Det får bara inte hända. Även om hon sköter sitt jobb som barnmorska är hennes attityd långt ifrån okej.

Den sista smulan av tvekan inför rollen som gruppchef försvinner. Förlossningen där hon oväntat fick ta emot barnet fick henne att minnas hur mycket hon älskar sitt jobb och Evas orättvisa smutskastande hjälpte henne just över den sista puckeln. Klara både kan och vill göra skillnad på avdelningen.

Hon har inget annat val än att försöka se förbi sin oro att inte bli accepterad som ledare. Hon måste steppa upp och visa de där jäkla framfötterna, få en närmre relation med sina kollegor och visa Tina att hon också kan leda och att hon kan göra det på ett bättre sätt än Eva. Ett snällare och mjukare sätt. Varken jobbet på BB eller rollen som gruppchef kan handla enbart om att vara som en maskin som alltid får jobbet gjort till varje pris. Det måste få finnas lite marginaler till empati och att acceptera olikheter – två saker som egentligen är grundpelare i deras yrke.

Kapitel 26

Fortfarande upprörd efter meningsutbytet med Eva och trött efter att ännu en gång ha jobbat över den här sommaren halvspringer Klara ut genom entrén. Ju snabbare hon kommer hem och kan slänga sig på soffan desto bättre.

Högljutt muttrande för sig själv försöker hon förgäves få in de trilskande nycklarna i cykelns metallås.

"Jäkla skit!" Nycklarna glider ur handen och landar rakt i en vattenpöl som dröjt sig kvar efter förmiddagens regn och vägrar ge upp inför solens nu skinande strålar.

Just som Klara böjer sig ner dyker en hand upp och nappar åt sig nyckeln ur pölen.

"Vad har den stackars nyckeln gjort för att förarga dig så?"

Klara rätar hastigt upp sig och ser Rikard stå bredvid cykeln. Med ett leende på läpparna räcker han över nycklarna.

En rysning fortplantar sig genom kroppen när deras hud möts. Rikard släpper nyckeln i hennes handflata och följer tummens kontur med sitt pekfinger innan han låter handen falla tillbaka till sin plats längs med sidan av kroppen.

"Tack. Jag har haft en tuff dag på jobbet och nyckeln fick ta hela smällen antar jag."

En rynka dyker upp mellan Rikards ögonbryn.

"Vill du berätta?" Rösten är lugn och trygg.

Till sin förskräckelse känner Klara ögonen fyllas med tårar och tittar snabbt bort. "Äsch, du vet hur vissa pass kan vara."

"Det vet jag visserligen allt för väl. Men jag skulle ändå väldigt gärna vilja höra om din dag. Min bil står på parkeringen där borta." Rikard lyfter handen och pekar förbi entrén, mot andra sidan vägen. "Den står avskilt till och borde vara sval efter att ha stått i skuggan hela dagen. Om du haft ett tufft pass gissar jag på att du inte skulle ha något emot att sätta dig och vila en stund innan du ska cykla hem."

Han söker hennes blick.

Klumpen i halsen gör det svårt att svara, men Klara nickar. Det här känns inte som rätt tillfälle att påpeka att hon just suttit ner eftersom passet avslutades med dokumentation. Dessutom skulle det faktiskt vara skönt att sitta ner en stund till. Och tanken på att få spendera tid med Rikard ensam känns allt för frestande för att motstå.

De gör sällskap bort till bilen. Rikard går tyst bredvid henne utan några försök till samtal. Han verkar instinktivt ana sig till att hon behöver samla tankarna och trycka undan klumpen i halsen.

När de är framme vid den glänsande mörkblå bilen skyndar han före och öppnar bildörren åt henne.

Klara sätter sig på passagerarsätet och kan konstatera att Rikard hade rätt. Bilen är sval efter att ha stått i skuggan.

Rikard glider ner i förarsätet och stänger sin dörr. Ljuden från trafiken runt omkring stängs effektivt ute och ger känslan av att sitta i en egen privat bubbla.

"Så, vill du berätta om din dag?"

Tack och lov har både klumpen i halsen och tårarna i ögonen försvunnit under promenaden hit.

"Egentligen var den inte så farlig. Det var den vanliga stressen att hinna med allt och hetsen att försöka skriva ut så många som möjligt. Jag gissar att ni också haft mycket idag?"

Rikard nickar.

"Sedan skulle jag lämna över vårdlaget till en kollega som inte hade någon som helst förståelse för hur dagen varit. Jag antar att jag bara blev ledsen över att så ofta behöva få känslan av att inte vara bra nog på jobbet. Hur hårt jag än jobbar finns det ändå alltid mer jag kunde ha gjort för familjerna. Jag *vet* ju redan att det är så, men att få det skrivet på näsan sådär av en kollega fick det bara att kännas ännu värre."

"Jag förstår. Det låter inte speciellt schysst gjort av din kollega. Kanske var det egentligen inte riktat mot dig, utan en inre stress som hon kände över att hennes arbetspass också skulle bli stressigt."

Klara suckar.

"I just det här fallet tror jag nog mest att hon medvetet ville prata skit om mig. Men om det hade varit en annan kollega tror jag absolut att du skulle kunna ha rätt. Jag vet själv hur det är att börja passet med känslan av att redan ligga efter, trots att man inte ens hunnit börja jobba ännu."

"Definitivt inte en av de roligaste sakerna med att jobba inom vården."

Klara drar på munnen.

"Eller hur. Det är först nu som jag insett varför mamma alltid propsade på att jag inte skulle välja 'ett typiskt kvinnoyrke'."

Efter att ha jobbat hela sitt yrkesliv som förskollärare är hennes mamma mer än väl insatt i hur de yrkena ständigt släpar efter, i så väl status och löneutveckling som i arbetsbörda. Trots det har hennes mamma alltid stöttat henne helhjärtat i drömmen om att bli barnmorska – yrket som måste ses som själva definitionen av ett typiskt kvinnoyrke.

"Tur att det finns många fördelar som nästan alltid väger upp nackdelarna. Och att det finns bra kollegor som nästan alltid väger upp för de dåliga." Rikard blinkar.

"Tack och lov för de bra kollegorna", instämmer Klara.

"Har du alltid velat bli barnmorska?"

Klara tittar ut genom fönstret och blicken följer en liten fågel som hoppar runt i det gröna gräset bredvid bilen. Den ger snabbt upp den fruktlösa jakten på något att äta och flyger iväg.

"Nej, inte på så sätt att jag alltid känt att det skulle vara någon form av kall. Men när jag var redo att söka till universitetet hade tanken på att bli barnmorska redan legat och grott i bakhuvudet några år. Och när jag väl hade bestämt mig höll jag mig till den planen."

"Något säger mig att när du väl bestämt dig för något så brukar det bli så?"

Klara skrattar.

"Du har rätt. När jag väl bestämt mig för vad jag vill ha blir jag väldigt målmedveten."

Rikard följer stygnen i rattens läder med pekfingret. Utanför går solen i moln. Det dovare ljuset bidrar till känslan av att befinna sig i en egen privat sfär. Bilparkeringen ligger öde och inte en människa har setts till sedan de satte sig i bilen.

Klara släpper yttervärlden med blicken och upptäcker att Rikard tittar på henne.

"Och vad vill du ha just nu?" frågar han.

Stämningen i bilen ändras på ett ögonblick. Den lugna och trygga bubblan sprakar nu istället som av elektricitet. Det skulle vara så lätt att luta sig fram och dra fingrarna genom det svarta håret. Klaras ögon följer hårets virvlar till sitt slut och blicken fortsätter vandra till läpparna. En tydligt markerad amorbåge omgiven av skäggstubb.

Plötsligt är hennes tvivel som bortblåsta.

Hon lutar sig framåt och låter läpparna möta hans. Skäggstubben känns sträv mot hakan.

Rikard besvarar kyssen och lägger handen bakom hennes nacke.

En duns hörs utifrån och bryter Klaras koncentration. Hon vrider huvudet mot motorhuven. Fågeln är tillbaka.

Den laddade stämningen är borta och frågorna med ens tillbaka. Vill hon verkligen göra det här?

Hon harklar sig.

"Eh, tack för pratstunden. Du hade rätt i att det hjälpte att få sitta ner och ta det lugnt ett tag."

Rikards leende är lika varmt och förstående som vanligt.

"Jag är glad att du mår bättre. Jag hade gärna skjutsat dig hem, men jag gissar på att du vill ha hem cykeln."

"Än en gång har du helt rätt."

Klara öppnar dörren och kliver ur.

"Jag skulle vilja träffa dig igen", hörs Rikards röst bakom ryggen. "Här är mitt nummer." Han sträcker fram ett visitkort.

Hon lutar sig in genom den öppna bildörren och snappar åt sig kortet. "På återseende."

Rikard småskrattar medan hon stänger bildörren och börjar gå tillbaka mot cykelstället.

Ett stort leende får det att strama i kinderna. Inte en enda gång under hela samtalet kände hon sig malplacerad eller konstig. Att det går så lätt att prata med och anförtro sig till Rikard känns som ett steg i rätt riktning på alla plan med att komma vidare i livet, både arbetsmässigt och privat. Att känna att någon är intresserad av henne och bryr sig om henne igen får framtiden att te sig betydligt ljusare än på länge. Om hon äntligen kunde få bli kär igen skulle det inte bara kunna hjälpa henne att gå vidare en gång för alla från sorgen, utan också kanske vara en draghjälp i att våga öppna sig mer, ta kontakt och vinna kollegornas förtroende – så som Jonas tidigare hjälpte henne att våga ta för sig mer av livet.

Kapitel 27

Den lilla tungan åker in och ut ur munnen när den tio timmar gamla flickan lapar i sig mjölken.

"Titta älskling, det ser precis ut som om hon vore en kattunge." Pappan vrider sig runt för att se på sin fru i sängen.

Hon ler mot honom.

"Världens sötaste lilla kattunge."

Klara ställer ner den numera tomma plastkoppen, som bara några minuter tidigare skvalpat av mjölkersättning, på bordet bredvid fåtöljen.

Flickan ligger i en halvt upprätt position i Klaras knä, inlindad som en liten burrito för att inte fäkta runt med de små armarna och råka slå koppen ur händerna på henne. Klara tillåter sig själv att hålla i den varma lilla kroppen någon minut extra. Tack och lov är dagens jobbpass betydligt lugnare än hennes förra och ett par minuters fördröjning inne på salen kommer inte förstöra chansen att hinna med sina uppgifter.

"Det här gick ju jättebra. En riktig liten naturbegåvning. Nästa gång är det pappas tur att testa mata så sitter jag bredvid istället", säger Klara.

"Hörde du, älskling? En naturbegåvning." Pappans ansikte strålar och blicken är som klistrad vid dotterns ansikte.

Mamman borta i sängen fingrar på en av sjukhusskjortans knappar och ler mjukt. Hon har istället blicken fäst vid sin make.

Det är svårt att avgöra i vems ansikte kärleken lyser starkast.

Klara reser sig, löser upp flickans filt och lämnar snabbt över henne dit hon hör hemma, i sin förälders trygga famn, innan hon raskt går ut ur det lyckobubblande rummet. Hon lutar ryggen mot den svala väggen ute i korridoren och drar ett djupt andetag.

Hur mysigt det än var att få låna deras lycka i några minuter borde hon inte ha erbjudit sig att lära familjen att tillmata flickan. Just tillmatning är ett av de få tillfällen då hon får möjlighet att hålla i en bebis på det sättet och det närmsta bebisgos hon kommer på arbetstid.

Trots att det är bland det bästa hon vet är det också det värsta. Armarna känns plötsligt orimligt kalla och tomma där de hänger längs med sidorna utan att någon som behöver dem för skydd, stöd och trygghet. Och hon vet redan nu att i natt kommer föräldrarnas kärleksfulla ansiktsuttryck spelas upp om och om igen i huvudet.

Visst borde väl hon förtjäna samma sak? Att också ha någon som tittar på henne så där. Att få ge samma blick tillbaka. Kunna vila i tanken att det är dem mot världen, oavsett vad framtiden delar ut för utmaningar.

Tänk om hon redan förbrukat sin chans? Hon fick trots allt en möjlighet till både äkta kärlek mellan partners och den villkorslösa kärleken till ett barn, men fick inte behålla någon av dem. Eller är det här kanske hennes chans? Det som händer i livet just precis nu. Ett par nougatbruna ögon dyker upp i tankarna. Det är så lätt att föreställa sig hur de ögonen skulle kunna titta på henne som om hon vore det bästa i livet.

Allting känns så bra varje gång hon pratar med Rikard. Så hoppfullt. De verkar ha liknande tankar och drömmar inför framtiden. Tänk att det skulle kunna vara han som är hennes livs stora kärlek. Tanken svindlar och det pirrar till i magen. Deras kärlekshistoria skulle mycket väl kunna vara en av dem som börjar med att sagans huvudpersoner befinner sig på i helt fel läge i början, för att sedan övervinna alla hinder och leva lyckliga tillsammans för resten av livet. Att missa den möjligheten är inte en chans hon vågar ta. Otrohet eller ej måste hon helt enkelt fortsätta träffa Rikard för att se vad det kan leda till.

När Klara kommer ut från omklädningsrummet nere i kulverten efter att ha bytt om till sina vanliga kläder efter passets slut står Adam lutad mot väggen mittemot dörren.

"Äntligen. Jag började nästan tro att du bestämt dig för att bosätta dig där inne för resten av livet. Vill du göra sällskap hem?"

"Det är i alla fall tur att du aldrig överdriver. Jag gör gärna sällskap hem."

Utanför trängs molnen på himlen och verkar bråka om vilket som kan täcka mest av solljuset. Men de är åtminstone vita och fluffiga istället för tunga av regn.

De låser upp cyklarna och kommer snabbt iväg nedför sjukhusbacken, i riktning mot Svandammen.

"Hade du det okej idag? Jag tycker att jag knappt sett till dig", säger Klara.

"I know. Vi måste verkligen gått om varandra."

Adam låter cykeln rulla utan att trampa.

"Visst är du också ledig imorgon? Vad sägs om ett träningspass?" frågar han.

"Åh, det hade varit kul. Men jag tänkte faktiskt fråga Rik..." Klara tystnar, men skadan är redan skedd.

"Rikard?" Adam pressar ihop läpparna. "Jag förstår verkligen inte hur du tänker. Har du inte lagt ner det där än? Han är gift."

"Inte lyckligt."

Adam fnyser.

"Börja inte med det där snacket igen om stackars olyckliga Rikard. Om han nu är så olycklig borde han begära skilsmässa, inte börja flirta med någon annan."

Klara tar täten och cyklar förbi en långsammare cyklist, som verkar fascinerad av att titta på ett barn som springer runt och jagar blandningen av duvor och änder som flockas runt dammen.

Adam kommer upp jämsides igen.

"Känns det verkligen okej för dig att fortsätta träffa honom trots att han är gift?"

"Med tanke på alla dina dejter vet jag inte om du borde säga så mycket när det gäller etik och moral inom det området."

"Det här handlar inte om mig. Och jag har dessutom redan klargjort att otrohet är något som jag verkligen inte tycker är okej och något jag aldrig skulle delta i. Det är ganska stor skillnad på att medvetet flirta med någon som är gift jämfört med att dejta många olika personer, en i taget."

"Fast det är faktiskt han som är gift, inte jag. Så om du ska klaga på någon borde du i så fall klaga på honom. Jag är singel och är trots allt fri att göra som jag vill."

Adam vänder blicken fram över styret medan de stannar vid ett övergångsställe i väntan på att ljuset ska slå om till grönt.

"Det där är bara falska ursäkter som du använder för att rättfärdiga ditt beteende, och det vet du mycket väl. Självklart är det som han gör värre, men du vet, it takes two to tango."

"Jag förstår inte varför jag måste försvara mig inför dig överhuvudtaget. Det är väl mitt liv och mitt beslut? Eller hur?"

"Såklart att det är. Men vad förväntar du dig ska hända egentligen? Tror du verkligen att han kommer lämna sin fru för dig?"

"Han vore väl inte den första personen som insett att de gift sig med fel person. Vet du hur många äktenskap som slutar i skilsmässa?"

"Och sedan kommer ni leva lyckliga i alla era dagar? Och han skulle aldrig vara otrogen igen?"

Klara tittar på björkarna som står uppradade mellan husen medan hon trampar hårt på pedalerna.

"Vad ska det betyda? Att ingen skulle kunna älska mig tillräckligt mycket för att leva lycklig i alla sina dagar med mig?"

"Men Klara, självklart menade jag det inte så. Men du är naiv om du tror att det är så det här kommer att sluta."

"Då får jag väl vara naiv då. Det finns värre saker att vara."

"Ja, otrogen till exempel." Adam fortsätter: "Jag antar att jag förväntade mig mer av dig bara."

"Men kan du sluta skylla på mig? Gå och skäll på honom istället."

"Det är väl ganska självklart varför jag pratar med dig och inte honom? Jag känner knappt honom och du är min vän."

Klara stannar tvärt och cykeln slirar till mot gruset på asfalten. De har kommit fram till hennes gata, där hon ska svänga in och Adam fortsätta en bit till.

"Det känns inte som att du är min vän just nu."

"Jag kanske har svårt att se dig som min vän när du beter dig
så här?"

De välbekanta isblå ögonen har en obekant vass skärpa.

"Men slipp då. Du kan ju sticka iväg och leka med ditt harem
av tjejer istället, eftersom det tydligen är så mycket mer okej."

Klara andas flåsande. Det känns overkligt att höja rösten mitt
ute på gatan. En cyklist på väg åt andra hållet stirrar undrande på
dem innan han vänder blicken framåt och trampar vidare.

Adams ansikte förlorar all sin vanliga munterhet.

"Bara för att jag inte träffat rätt tjej ännu och gillar att dejta
behöver du inte måla upp mig som någon slags casanova." Han
sätter upp foten på pedalen. "Men för all del. Ha det så kul med
Rikard imorgon då."

"Ha det så kul med Sara, Lisa och Emma." Klara slänger orden
efter ryggen som cyklar iväg.

Det enda tecknet på att han hört henne är axlarna som skjuts
upp mot öronen.

Klara fortsätter fram till sin portuppgång. Händerna skakar
när hon försöker tvinga bygellåset genom labyrinten av ekrar i
hjulet och hon svär väsande mellan tänderna. Vem tror Adam att
han är egentligen?

Självklart är ämnet en känslig punkt för honom, med tan-
ke på hans mammas otrohet och påföljande skilsmässa. Men
det ger honom knappast rätt att döma henne och komma med
påhopp på det där sättet. Situationen med Rikard är helt an-
norlunda jämfört med Adams föräldrar. Precis som hon sa till
honom är hon själv singel och det finns dessutom inga barn
inblandade.

Tankarna rinner som en strid ström genom huvudet. Tänk om
Adam blir tillräckligt upprörd för att gå till Lisa och berätta om
henne och Rikard?

Armarna knottrar sig trots sommarvärmen när hon rätar ut
ryggen och lägger cykelnyckeln i fickan.

Fast nej, oavsett hur besviken Adam än är skulle han aldrig
göra något sådant mot henne.

Hon tillåter tankarna att sväva iväg mot något annat som

Adam sa. Något som hjälper till att jaga bort den sura eftersmaken från grälet.

Tänk om Rikard faktiskt skulle lämna sin fru. För *henne*. Vad skulle kunna vara en större kärleksförklaring? Självklart har de inte nått till det stadiet ännu. Verkligen inte. Men bara tanken på att det skulle kunna hända får ett leende att spridas över ansiktet och jagar bort de negativa tankarna från grälet.

Ska hon våga ta nästa steg? Trots allt var det han som bjöd in henne till afterworken som blev till något helt annat än han tänkt sig. Det är väl inte mer än rätt att hon väger upp för det misstaget och visar att hon visst vill ses, så att han inte börjar tro att hon tog med Adam och Malin till restaurangen på stationen för att hon inte ville träffas på tu man hand.

Med ens kan hon inte ta sig upp i lägenheten tillräckligt snabbt. Handen som sticker nyckeln i ytterdörrens lås darrar och ena skon ramlar ner från skostället när hon ställer upp skorna innanför dörren.

Klara tar upp mobilen ur jackfickan, drar snabbt på sig mjukisbyxorna och sätter sig i soffan.

Mobilen känns stor och klumpig i handen. Brukar hon verkligen hålla den så här? Och hur brukar hon egentligen skriva? Med ena tummen? Med båda tummarna? Pekfingret?

Klara tvingar sig själv att ta ett djupt andetag och luta sig tillbaka mot soffkuddarna innan hon klickar upp den tomma rutan.

K: *Hej! Vad sägs om en promenad ikväll? Om du inte har något annat för dig vill säga?*

Svaret kommer nästan direkt.

R: *Jag jobbar tyvärr just nu. Men jag tar gärna en kvällspromenad imorgon? Ska vi mötas i Gränbyparken?*

Klara sätter sig rakare upp i soffan. Fingrarna flyger över tangentbordet. Strunt samma om det är tummen eller pekfingret som skriver. Han vill ses!

K: *Gärna. Jag längtar.*

Även det här svaret kommer fort, som om han också är lika ivrig.

R: *Samma här!*

Kapitel 28

Klara hasar sig ner i en liggande position i soffan samtidigt som hon accepterar samtalet som lyser upp mobildisplayen. Det känns som att hon bosatt sig i soffan sedan konversationen med Rikard igår efter jobbet.

"Hej älskling! Är det verkligen säkert att det är du? Jag kan knappt tro det, att du faktiskt svarade." Hennes mammas röst låter retsam.

"Ha, ha. Så dålig är jag faktiskt inte på att svara i telefonen." Okej att hon föredrar att skriva meddelande istället för att prata i telefonen, men hennes mamma överdriver det hela. "Jag svarar nästan alltid när jag ser att det är du."

"Klara …"

"Ja ja, det kan hända att jag låter bli att svara ibland trots att det är du."

"Nu börjar vi närma oss sanningen."

"Äsch …" Det rycker ofrivilligt i mungiporna. Hennes mamma har såklart rätt, som hon brukar.

Något pockar på hennes uppmärksamhet längst bak i huvudet. Det retsamma tonfallet i mammas röst har ofrivilligt fått tankarna att vandra iväg mot den andra personen i hennes liv som inte verkar kunna sluta retas. Grälet med Adam hänger kvar och vägrar släppa taget om tankarna.

"Du, mamma."

"Ja?"

"Du har ju alltid sagt att pappa lämnade dig när du var gravid med mig."

"Mm." Marias röst låter betydligt mer vaksam och all skojighet
är borta.

Att prata om Klaras pappa är inte hennes mammas favorit-
samtalsämne och Klara brukar sällan tvinga henne. En man
som lämnade sin gravida flickvän och som sedan aldrig gjort
minsta försök till kontakt efter det – för att lära känna sitt barn
– är inte en person som hon har något intresse av att veta mer
om.

"Var du eller pappa otrogen? Var det därför han stack?"

Om det splittrade Adams familj, så varför inte hennes egen.
Det skulle vara betydligt mycket mer rimligt än att bara sticka
utan egentlig anledning.

"Åh, älskling. Din pappa och jag älskade varandra mycket.
Ingen av oss skulle ens ha kommit på tanken att vara otrogen
mot den andra. Han var bara inte redo för att få barn och det
ansvar som föräldraskapet skulle bära med sig."

"Åh okej. Jag förstår."

"Varför undrar du det?"

"Äsch, glöm det. Det var bara någon konstig tanke jag fick för
mig. Berätta vad som hänt sedan sist vi sågs?"

Hennes mamma byter villigt samtalsämne och börjar berätta
om gårdagens besök hos frisören.

Trots att det borde få henne att må bättre att höra att ingen
av hennes föräldrar var otrogen sticker det till i bröstet. För en
sekund kändes det som att hon inte var lika ensam. Om hennes
pappa hade varit otrogen hade det kanske kunnat vara svaret på
varför hon själv sviker sina värderingar så lättvindigt. Då hade
det funnits i hennes blod. Hennes gener. Och varit något obe-
stridbart. Något som inte bara var okej utan kanske till och med
förväntat beteende av den oskyldiga avkomman som inte kan stå
emot sitt arv.

Klara avslutar snabbt samtalet när frisörbesöket är avhand-
lat. Om de pratar för länge kommer hennes mamma garante-
rat nosa sig till att det är något som Klara undanhåller. Men
det känns omöjligt att berätta om Rikard. Trots att de brukar
kunna prata om allt utan att den andra dömer kan Klara inte

skaka av sig känslan av att hennes mamma skulle ogilla att Rikard är gift.

Bli besviken.

Dagen släpar sig fram och Klaras förväntan går nästan att ta på i dammkornen som virvlar runt i ljusskenet från fönstrena.

När hon väl kommer fram till fotbollsplanen i Gränbyparken, där hon och Rikard stämt träff, är hon en kvart tidig. Hon slår sig ner på en av bänkarna som står framför planen och låter kvällssolen värma ansiktet. Nog för att varma sommardagar är fantastiska, men det är något speciellt med ljumma ljusa sommarkvällar när solens krävande hetta har avtagit.

På gångvägen framför bänken flanerar några enstaka personer förbi, men det är inte speciellt mycket folk i rörelse och om hon och Rikard väljer att gå promenaden på vägen runt 4H-gården, genom den lilla skogsdungen, borde det vara ännu mindre människor runt omkring.

Klara sluter ögonen och vänder åter upp ansiktet mot solen. Gårdagens bråk med Adam dyker ännu en gång oinbjudet upp i tankarna. En känsla av obehag går genom kroppen och centreras till maggropen. Det känns inte alls bra att ha grälat med Adam.

Hon borde inte ha pratat om hans ständiga ström av dejter. Trots allt är det ingenting hon har något med att göra. Och helt ärligt verkar tjejerna veta vad de ger sig in i och Adam verkar alltid kunna avsluta det och gå vidare utan att någon blir sårad i slutändan. Troligtvis går hans genuina snällhet hem lika väl som hans skojiga flirtiga sida. Dessutom är det inte konstigt att både Adam och tjejerna han dejtar har en mer lättsam inställning till dejtingvärlden än Klara då de är flera år yngre.

”Hej, Klara.”

Rösten snett framifrån får henne att hoppa till, trots den vänliga tonen, och hennes ögonlock slås upp.

”Är du redo för promenad? Eller ska jag komma tillbaka efter din powernap?” Rikard ler brett.

Klara reser sig snabbt från bänken.

”Alltid redo.”

Han skrattar och de börjar gå längs med gångvägen, förbi bostadshusen och upp mot fårhagen.

Rikard berättar lite om sin dag på jobbet, men byter raskt samtalsämne. "Nu vill jag lära känna dig bättre."

"Hm, borde jag bli nervös?"

"Vi börjar med några lätta frågor som uppvärmning. Vilken är din favoritfärg och varför?"

"Gult. För att det alltid lyser upp och för att gula godisar alltid är de godaste."

Rikard ler.

"Drömresemål?"

"Jag försöker att inte flyga så mycket, men Island vore häftigt. Rida islandshäst och bada i varma källor", svarar Klara och rynkar pannan. "Är det bara du som får ställa frågor till mig?"

"Helt riktigt. Det är din tur någon annan dag."

Någon annan dag.

Värmen sprider sig i kroppen. Han vill träffas igen.

Rikard fortsätter utfrågningen och när de nått fram till den lilla skogsdungen där hästarna betar i hagen på 4H-gården har hon pratat mer om sig själv än hon trott vore möjligt. Med Rikard i rollen som både tålmodig lyssnare och lyhörd frågeställare.

Om bara Tina hade kunnat se henne i den här miljön istället hade hon haft sin befordran som i en liten ask.

"Titta." Klara stannar högst upp på backkrönet och pekar bakåt.

Rikard vänder sig också om.

"Enastående."

Enastående är precis rätt ord. De gyllene solstrålarna som dansar över ängen på ena sidan gångvägen och det prunkande koloniområdet med blommor i regnbågens alla färger på andra sidan. Inte en människa syns till och det enda ljud som hörs är smällarna när hästarnas hovar då och då slår i en sten medan de strövar runt och betar i hagen.

"Vad tänker du på?" frågar Rikard.

"Jag tänker på att det här måste vara en av de bästa dejterna jag varit på." Hon tystnar tvärt. "Promenaderna menar jag. En av de bästa promenaderna jag varit på."

Rikard ler.

"Det här är en av de bästa dejterna jag varit på också."

De vänder sig om igen och börjar gå. Efter bara några steg hittar Rikards varma stadiga hand hennes.

Solens strålar verkar ha flyttat in i kroppen. För varje gång de ses känns det som om deras relation tar ett steg framåt. Mot att bli något mer.

Men allt för snart tar gångvägen slut och de är tillbaka vid fotbollsplanen.

De blir stående och tittar på varandra.

"Det var roligt att ses. Jag hade dock önskat att vägen var dubbelt så lång. Vi kanske kan gå ett varv till?", skämtar Rikard. "Jag vill bara inte riktigt att den här kvällen ska ta slut."

"Det kanske den inte behöver göra." Klara drar efter andan. "Vill du följa med hem till mig?"

Rikards ögon borrar in sig i hennes medan hettan stiger i kroppen.

"Mer än gärna."

Kapitel 29

"Det går inte. Han vill bara inte." Förtvivlan och uppgivenhet hörs tydligt i kvinnans röst.

Hon kämpar med att forma bröstet med ena handen och manövrera den lilla bebiskroppen med den andra. Gossen i hennes famn öppnar tveksamt munnen och känner lite på bröstvårtan med läpparna.

Klara ler uppmuntrande.

"Han gör precis som han ska. En grundlig undersökning innan det är dags att ta tag ordentligt."

"Alla andra får det att se så himla lätt ut. Jag har helt ärligt inte ens tänkt tanken på att det skulle kunna bli några besvär med att amma."

"Jag vet att det verkar omöjligt just nu, men amning är långt ifrån lätt för alla. Se det som en process där både du och bebisen behöver träna. Till slut kommer det gå lättare och lättare. Precis som med allting annat som man övar och bli bättre på."

"Om du säger det så." Kvinnan kan inte hålla tvivlet borta från rösten.

Klara håller tillbaka ett leende. Själv tycker hon att det snarare är konstigt när amningen fungerar klockrent bara minuter efter födseln. Den här bebisen visar tydligt intresse för bröstet och kommer bara behöva lite mer tid för att få kläm på exakt hur det fungerar.

"Dessutom är det bara bra att han buffar, knuffar och slickar på bröstet. Det stimulerar mjölkproduktionen och ser till att mjölken rinner till snabbare."

Kvinnans min ljusnar något när buffandet plötsligt fått mening.

"Låt honom testa sig fram i lugn och ro, utan att jag står här och stirrar, så kommer jag tillbaka om en stund och ser hur det går för er."

Klara går ut ur rummet med lätta steg och fortsätter i riktning mot fikarummet. Det blir lagom att passa på att ta rast och äta middag och sedan gå tillbaka till salen för att se om bebisen hittat rätt. Kvällens jobbpass har susat förbi och aldrig har jobbet känts så lätt och roligt. Faktum är att allting känns lätt och roligt. Tankarna börjar sväva iväg mot gårdagens fantastiska dejt och ännu bättre natt.

Ovanför huvudet piper larmdisplayen och avbryter effektivt hennes dagdrömmar.

Klara rynkar pannan. Sal tjugofem. Det är Hannas sal. Hon vänder om och fortsätter istället mot dörren längst ner i korridoren, och kliver in på salen när hon kommer fram.

Hanna ligger i sängen med sin orörda matbricka framför sig på sängbordet.

"Jag tror att jag börjar få sammandragningar." Hennes ansikte är vitt och ögonen uppspärrade. "Det började med lite molvärk för någon timme sedan, men jag trodde att det kanske bara berodde på att jag var hungrig."

Klaras puls stiger medan hon lyssnar på Hannas ord. Graviditeten har en bra bit kvar innan den är fullgången och det bästa vore om bebisen kunde stanna i tryggheten inne i livmodern ett tag till.

"Och hur känns det nu?"

"Nu känns det mer som jag tänker att sammandragningar känns. Magen blir hård någon minut och sedan försvinner det igen."

"Tycker du att det gör ont? Och hur ofta kommer dem?"

"Nja, mer att det känns lite obehagligt. Det kommer en ungefär var tionde minut."

I Klaras huvud snurrar de olika möjligheterna runt. Obehagligt är bra. Bättre är smärtsamma. Men att de kommer regelbundet var tionde minut låter mindre lovande.

"Vi gör så att jag kopplar på en CTG-kurva, så kan vi se både bebisens hjärtslag och sammandragningarna."

Hon drar fram apparaten från hörnet av rummet, pytsar ut en klick gel på dosan och lägger den mot magen. Det lugnande ljudet av ett galopperande hjärta fyller genast rummet och Klara slappnar av en aning. Trots att hon lyssnar efter hjärtljud så ofta finns ändå alltid en oro där i bakhuvudet att rummet ska förbi tyst.

Hanna ler åt ljudet och lite färg återvänder till ansiktet.

Klara kopplar på dosan som registrerar sammandragningar och får genast bekräftelse på att Hannas misstanke stämmer när mätaren först tickar uppåt för att sedan vända tillbaka ner. Det är sammandragningar.

"Jag låter kurvan gå ett tag medan jag går ut och ringer läkaren. Du har inte haft någon mer blödning eller sett något vatten, va?"

"Nej, ingenting sådant." Oron återvänder till Hannas ansikte. "Tror du att förlossningen startat? Ska jag föda barn nu?"

"Jag vet faktiskt inte. Det är för tidigt att säga. Minns du att läkarna berättat att dina blödningar beror på att moderkakan sitter för långt ner i livmodern? Att den täcker utgången så att bebisen inte kommer kunna födas vaginalt utan måste komma ut med hjälp av kejsarsnitt?"

"Jo, det minns jag."

Klara kramar om hennes hand.

"Men det är vi absolut inte framme vid ännu. Det kan också bli så att sammandragningarna avtar igen. Jag vill bara försäkra mig om att du är förberedd utifall att."

"Jag förstår. Min sambo är på väg hit. Han borde snart vara här."

"Vad bra. Då går jag ut och kontaktar läkaren. Och du ringer på klockan direkt om sammandragningarna blir mer smärtsamma eller om något annat händer."

Klara skyndar på stegen ute i korridoren. Det hon sa till Hanna är helt sant, det kan gå åt vilket håll som helst. Hon tvingar ner tungan som är uppressad i gommen och rullar på axlarna medan hon plockar upp telefonen ur fickan och ringer läkaren.

Tack och lov är det lugnt nere på förlossningen och läkaren som har jour i huset lovar att komma upp till BB direkt.

Klara vankar av och an utanför salsdörren medan läkaren och hennes läkarkandidat gör sin bedömning där inne. Handflatorna är klibbiga och munnen torr.

Hon bannar sin förrädiska kropp som inte kan låta bli att reagera alltför starkt på något som trots allt är en ganska vanlig händelse på jobbet – att en kvinna får sammandragningar för tidigt. Det här är inte alls som hennes eget missfall. Hannas bebis är tillräckligt långt gången för att ha mycket goda chanser att klara av livet utanför livmodern utan större problem.

Till slut öppnas dörren och läkaren kommer ut med kandidaten i släptåg.

”Vi testar att ge lite Bricanyl för att se om det kan hindra sammandragningarna. Låt CTG-kurvan fortsätta gå och håll mig uppdaterad om hur det går. Jag ser ingen överhängande fara just nu, så vi går tillbaka ner på förlossningen under tiden. Visst har hon fått neoinformation?”

Klara nickar.

”Både hon och hennes partner har fått information och en rundvisning nere i deras lokaler. Då ger jag Bricanyl direkt.”

Medan läkarna går ut mot hisshallen väljer Klara dörren mittemot.

Inne i läkemedelsrummet är det lugnt och stilla. Det enda ljud som hörs är ventilationens surrande uppe i taket. På hyllorna som täcker väggarna trängs pappkartonger med sprutor och läkemedelsförpackningar i alla dess former. De små askarna och plastburkarna står tätt uppradade i tyst givakt.

Lungorna fylls med nytt syre och händerna börjar plocka fram sprutor, nålar och handskar på ren automatik. När det muskelavslappnande läkemedlet väl är uppdraget och klart är både kroppen och tankarna lugnare. Det här ska nog gå bra.

Ett par timmar senare kan Klara konstatera att magkänslan hade rätt. Bricanylen har gjort sitt jobb och lugnat ner livmodern. Både Hanna och CTG-apparaten vittnar om att sammandragningarna upphört.

"Tack och lov." Hanna torkar bort gelen från magen och sjunker tillbaka ner mot kuddarna.

"Tack och lov", ekar hennes man från stolen vid fönstret.

Klara rullar tillbaka CTG-apparaten in i hörnet av rummet igen.

"Nu hoppas vi att lillen vill stanna där inne i några veckor till."

Hanna och hennes man nickar instämmande.

"Hör du det, liten." Hanna hötter med fingret mot magen.

"Jag skulle bara behöva springa ner och hämta min väska från bilen. Jag blev så stressad att jag glömde allt." Hennes man försvinner ut genom dörren efter att ha placerat en kärleksfull kyss i Hannas panna.

"Ännu ett falskt alarm. Den här lilla busungen verkar fast besluten att ge mig gråa hår redan innan han ens är född", säger Hanna och skakar på huvudet.

"Du var jättebra på att behålla lugnet trots situationen", berömmer Klara.

"Tack. Jag mår faktiskt mycket bättre nu än vad jag gjort på länge. Kanske det bästa jag mått under hela graviditeten."

"Det gläder mig att höra."

"Kuratorn var här tidigare i veckan och hjälpte mig att reda ut mina känslor och börja bearbeta dem. Det kändes som om allting lossnade när jag väl började acceptera mina tankar och känslor för just vad de är. Något flyktigt och föränderligt, som inte behöver betyda mer än vad jag låter dem betyda."

Hanna lägger huvudet på sned.

"Det hjälpte mig att både känna mig lugnare i graviditeten och att acceptera att jag inte kan styra vad som händer, oavsett vad jag tänker och känner. Jag har på något vis accepterat ovissheten."

"Vad skönt. Det låter som att du gjort stora framsteg", säger Klara innan hon önskar god natt och fortsätter med kvällspassets uppgifter.

Kapitel 30

Samtalet med Hanna har gnagt konstant i tankarna de senaste dagarna. Trots att Klara är genuint glad över att Hanna fått hjälp att bearbeta sina känslor och nu funnit ett lugn är det ändå något som skaver.

Hanna tog tag i sina tankar redan nu, medan de fortfarande pågår, medan Klara själv ännu inte har bearbetat sina känslor för något som hände för flera år sedan. Minnet av det andra livet, det hon en gång varit så nära att få men sedan mist är fortfarande mycket mer smärtsamt än vad hon skulle önska att det var. Det tar upp för stor plats och hindrar henne från att våga satsa på nuet.

Kanske är det ändå dags att öppna upp och prata med någon om det för att få rätsida på tankarna och känslorna och kunna gå vidare. Men vem i så fall? Några ansikten flyger flyktigt förbi i tankarna, men ratas snabbt.

Just då kommer Agneta in i fikarummet. Hon förser sig med en kopp kaffe och kommer bort till Klaras bord.

"Vilket underbart väder." Agneta pekar ut genom fönstret. "Sådana här dagar borde det vara förbjudet att jobba. Vad tror du Tina skulle säga om jag föreslog att vi borde få betald ledighet för att gå ut på stan och njuta?"

Klara skrattar.

"Det vore nog oerhört populärt."

"Snart så. Om bara en ynka timme kan inte ens vilda hästar, och definitivt inte Tina, hindra mig från att ge mig ut i solen."

Agneta fortsätter titta ut genom fönstret med längtansfull blick.

Klaras tankar hittar nya banor. Ska hon våga? Agneta är trots allt en av de snällaste personer hon vet och någon hon ser upp till, både som barnmorska och privatperson.

"Vi kanske skulle kunna ta en glass tillsammans efter jobbet? Jag såg att Landings konditori har hemmagjord mjukglass med citronsmak den här veckan", säger Klara.

"Hemmagjord mjukglass med citronsmak? Det låter fantastiskt! Det skulle aldrig falla mig in att tacka nej till ett sådant utmärkt förslag."

Två timmar senare promenerar de längs med ån med varsin bägare i handen. Klara slickar njutningsfullt av skeden. Kombinationen av len mjukglass tillsammans med citronens syrlighet gör den till en av de godaste glassar hon någonsin ätit.

"Den här var nästan onödigt god. Inga andra glassar kommer längre ha en chans." Agnetas röst har ett stråk av vemod som inte matchar hennes hänförda ansiktsuttryck.

Hon fortsätter: "Så, har du hört det senaste skvallret på avdelningen? Det senaste kärleksskvallret vill säga?"

Klara sätter glassen i vrångstrupen och börjar hosta. Inte kan det väl ha spridit sig att hon och Rikard ... Fast nej, om skvallret hade handlat om henne vore det konstigt av Agneta att fråga om hon vet om det.

"Nej, berätta!"

"Adam och Malin har börjat dejta."

"Jag ger det en vecka", mumlar Klara.

"Vad sa du?"

"Eh, jag sa bara att det var roligt att höra."

Tack och lov att inte Agneta hörde hennes lite väl hårda ord. Bara för att hon är arg på Adam just nu finns det ingen anledning att säga något som hon kommer ångra. Det kanske faktiskt är så att hans intensiva dejtande är en förhoppning om att träffa någon att förälska sig i och inte bara ett roligt tidsfördriv som han försöker få det att framstå som.

Adam och Malin skulle kanske kunna passa bra ihop. Det är lite svårt att föreställa sig dem två tillsammans, men det kan lika gärna bero på att Klara inte tänkt på dem som något annat än vänner tidigare.

"Men nu när vi värmt upp med lite småprat kanske du vill berätta det du har på hjärtat?" säger Agneta.

"Vad menar du?"

"Äsch, Klara, jag märker på dig att du går och håller på något." Hon ler menande. "Det är inte direkt som att du brukar bjuda mig på glass varje vecka. Fram med det bara. Jag lyssnar mer än gärna."

Agneta tittar sig runt omkring

"Kom, vi sätter oss här framme." Hon pekar på en träbänk bredvid Fyrisåns grumliga vatten.

På avstånd hörs forsens brus och bakom bänken passerar en stadig strid av människor. Det syns tydligt vilka som stressar omkring för att hinna med sina ärenden efter jobbet och vilka som har semester och tar en strosande promenad för att njuta av den varma eftermiddagen.

När de väl slagit sig ner är det lätt att ignorera myllret där bakom och istället koncentrera sig på vattnet framför bänken, där det inte händer något mer spännande än att en and simmar förbi då och då.

Agneta tittar förväntansfullt på henne.

Klara blickar ut över ån. Allting vore så mycket lättare om hon också bara skulle berätta om två kollegor som börjat dejta. Det skulle till och med vara lättare att berätta om Rikard. Men hur berättar man om det värsta som hänt i livet? Det enda som man skulle ge allt för att få ogjort.

"Det här är inte lätt för mig att prata om. Faktiskt är du den första jag berättar det för utanför min familj. Men jag tror att jag måste försöka prata om det."

Klara tar ett djupt andetag.

"För två år sedan fick jag ett missfall, några månader in i graviditeten. Jag har alltid velat bli mamma och har alltid drömt om en egen familj. När mina vänner drömde om stora bröllop eller en imponerande karriär drömde jag om att ha en make som var min bästa vän och att få byta blöjor. När jag började blöda och världen rämnade var det inte bara min bebis jag sörjde, utan hela min framtid och alla mina drömmar."

Klara följer en and med blicken medan den dyker ner med huvudet under ytan i jakt på något ätbart.

"Och det visade sig att jag inte hade helt fel i de känslorna. Några månader senare flyttade min sambo ut. Jag antar att han inte stod ut med alla tårar, förtvivlan och den svarta avgrunden som var ständigt närvarande. För honom var det bara ett foster och bara ett missfall. Något som kan hända och som många kvinnor går igenom någon gång under livet. Naturens gång. Han förstod inte att jag såg något helt annat i mina tankar. Jag såg vårt barn. En bebis i miniatyr. Fingrar med naglar, ett unikt fingeravtryck och små snäckformade öron."

Ögonen tåras.

"Det är imponerande hur snabbt hjärnan börjar springa iväg så fort det där pluset blir synligt på stickan, och speciellt min hjärna som redan fått så mycket träning i att drömma om det här nya livet. Den här personen som skulle vara en del av mitt liv för alltid och inte bara några korta månader."

Agneta lägger handen över hennes på bänken.

"Innan jag började blöda skulle jag bli mamma. Efteråt var jag tillbaka på ruta noll. Och när min sambo lämnade tog han med sig den sista spillran av min dröm om oss som en familj."

Agneta harklar sig.

"Tack för att du berättar om det här för mig. Först och främst skulle jag vilja påpeka att din sambo låter som en riktig idiot som lämnade dig när du behövde honom som mest."

Leendet får de tårfyllda ögonen att svämma över.

"Så långt har jag faktiskt redan kommit i bearbetningen att jag kan hålla med dig om det. I början hade jag mycket skuldkänslor över det också. Att jag inte bara kunde skärpa mig. Kunde rycka upp mig själv för hans skull. Skona honom från mina känslor istället för att addera till hans börda. Och skona honom från skammen jag kände över att inte kunna ge honom ett barn. Min helt missriktade känsla av att ha misslyckats med att vara en kvinna. Att vara fruktbar."

"Det finns trots allt en poäng i att man säger 'i nöd och lust' vid ett giftermål. Om han inte kunde vara hos dig i nöden förtjänade han knappast att vara där i lusten heller", påpekar Agneta.

"Till slut insåg jag också det. Jag önskar bara att alla känslor hade varit lika lätta att släppa. Att jag kunde känna som han gjorde – att barnet bara var ett foster och att det bara var att försöka igen. Men allt jag kunde känna var att det var mitt barn, som jag längtat efter så länge. Som jag burit i min kropp och redan hunnit älskat i flera månader.

"Har du gått och pratat med någon efter att det hände? Någon professionell alltså?"

"Nej, det har jag inte. Jag har väl mer haft inställningen att tiden läker alla sår. Jag önskar bara att tiden kunde göra ett lite bättre jobb med läkningen." Tårarna väller upp i ögonen igen trots försöket till ett leende.

Agneta skakar på huvudet.

"Du borde boka tid hos en psykolog. Jag tycker att det är tråkigt att missfall ofta tystas ner. Och ju tidigare i graviditeten det sker, desto mindre förväntas man sörja och desto snabbare ska man gå vidare."

Klara begrundar Agnetas ord. Det är sant. Missfall har allting emot sig för att kunna få den uppmärksamhet det förtjänar. Det är alldeles för privat, för mycket snippa och för kvinnligt för att kunna få ta större plats i debatten. Istället ska det gömmas undan, inte pratas om och helst ska kvinnan låtsas som ingenting och vara tillbaka på jobbet dagen efter.

Agneta fortsätter:

"Jag är övertygad om att sorg måste tas på allvar. Man måste se sin sorg för att kunna ta nya steg därifrån."

Hon trycker till med handen som fortfarande vilar uppe på Klaras.

"Våga ta hjälp. Sorgen behöver varsamt pratas ut ur kroppen."

"Men jag pratar ju med dig nu", invänder Klara.

"Och det är jättebra. Bara att du berättar om det för mig är ett jättestort steg mot att läka. Men jag är inte professionellt utbildad i sorgearbetet."

"Men tänk på alla som fått missfall senare under graviditeten eller som förlorat ett barn utanför livmodern. Vad är min sorg i jämförelse med deras?"

"Livets vedermödor är ingenting som går att jämföra. Alla måste ha rätt till sin egen sorg. Det kommer alltid att finnas någon som varit med om något värre och att bearbeta sorg är ingenting man behöver förtjäna. Det som är jobbigt *är* jobbigt."

"Du har väl rätt antar jag. Om inte annat vore det kanske bra för min karriär om jag tog tag i det här. Alla känslorna som sköljer över mig när jag ansvarar för kvinnor som blöder är varken hjälpsamt eller professionellt. Om jag kunde få hjälp att få lite distans skulle det nog leda till att jag kunde göra ett bättre jobb."

Agneta rynkar pannan.

"Jag är inte så säker på det. Du borde absolut ta tag i att bearbeta dina känslor, men för *din* skull. Inte för patienterna. Jag tror inte att det skulle göra dig till en bättre barnmorska. Det är okej att känna. Vi är inga maskiner och alla har sitt eget bagage som påverkar dem, även på jobbet. Trots att vi har ett yrke med stort prestationskrav måste det vara okej att få vara mjuk också. Få vara mänsklig."

Klara ställer ner den tomma glassbägaren bredvid sig på bänken. Agnetas ord har startat något inom henne. Något bra.

Kapitel 31

Sängen sviktar under Klaras kroppstyngd och benen protesterar över att vecklas ihop i skräddarställning. Med ett fast grepp om telefonen klistrar Klara in numret till psykologen i samtalsappen.

Hon tvekar en sekund innan hon trycker på den gröna luren.

Det känns nästan svårare att boka in samtalet än vad det känns vid tanken på att sedan behöva gå på själva mötet. Första steget är alltid det svåraste. Speciellt när det också involverar ett telefonsamtal. Men Agneta har rätt. Hon måste prata med någon professionell om missfallet för att kunna lägga det bakom sig och gå vidare i livet.

Signalerna tutar i örat.

"Hej och välkommen! Vad kan jag hjälpa dig med?"

"Hej! Jag heter Klara och skulle vilja boka en tid hos er."

Efter ett kort samtal hittar den vänliga receptionisten en ledig samtalstid två månader fram i tiden. Självklart hade det varit att föredra att få ett besök lite närmre inpå, men samtidigt vet hon ju mer än väl hur tight tidboken brukar vara för alla vårdyrken. Och har hon skjutit på det i två år är väl två månader till inte hela världen.

Hon bokar tiden och sänker telefonen med ett leende. Nu är det gjort. Nu ska hon ta tag i det här och få hjälp och guidning på vägen. Att väntetiden är lång kanske snarare kan vara något positivt. Då har hon gott om tid till att fortsätta bearbetningen som startade efter samtalet med Agneta och hinna sortera sina tankar ordentligt efter att ha ägnat de senaste åren åt att trycka undan dem.

Klara gör sig i ordning och cyklar mot ett nytt jobbpass med ett leende som klistrat på läpparna. Nu känns det plötsligt som att livet tagit sig ur sitt stillastående läge och börjat röra sig i snabb fart framåt, på alla plan.

När hon går genom kulverten, i riktigt mot omklädningsrummet, öppnas dörren till läkarnas jourrum och Rikard kommer ut.

"Men vilken tajming", utbrister Rikard. "Precis den jag hoppades på att träffa."

Han låter dörren stå öppen och drar henne till sig. Deras kroppar möts i dörröppningen och Klaras blod rusar genom kroppen.

"Kan man tänka sig, samma här faktiskt. Min redan bra dag blev just ännu bättre." Trots att hon inte vill något annat än att stå kvar i hans armar drar hon sig undan en bit. "Men någon kan se oss."

Rikard tittar sig omkring i den tomma korridoren.

Han drar henne till sig igen. "Jag tar risken."

Klara börjar protestera, men hennes protester tystas av Rikards mjuka läppar. Omgivningen känns med ens oviktig och kroppen formar sig efter hans medan hon lägger händerna runt hans nacke och besvarar kyssen.

Rikard stönar lågt och drar handen genom hennes hår.

Då hörs det omisskännliga ljudet av fotsteg längre bort i korridoren.

Deras kroppar flyger isär som om de bränt sig.

"Så, eh. Jo, det gick bara bra för den där bebisen som du skickade ner på neo", säger Rikard innan han vänder blicken mot sin kollega som kommer gående mot dem. "Tjena! Vi ses där uppe snart."

Kollegan nickar och fortsätter förbi. Men kollar hon inte lite konstigt på dem? Hann hon se något av deras kyss?

Klara irrar fram och tillbaka med blicken. "Hmm … Jag förstår. Vad bra. Men nu måste jag gå."

Hon fortsätter mot omklädningsrummet, stänger dörren bakom ryggen och tar ett djupt andetag samtidigt som mobilen plingar i fickan.

R: *Sorry för det där. Jag tror inte att hon såg något. Vi måste ses snart igen!*

Klara ler och öppnar skåpdörren nynnandes på någon fånig gammal radiodänga.

Kapitel 32

I cafeterian är det som vanligt full fart den här tiden på eftermiddagen när sjukhusets besökare blandas med vårdpersonal som antingen är på sen lunch eller, som hon själv, på jakt efter middag till kvällens jobbpass.

Klara plockar bland plastmatlådorna i kyldisken och studerar dess etiketter. Men blicken envisas med att istället scanna av rummet med några sekunders mellanrum. Rikard har lyst med sin frånvaro de senaste dagarna, efter deras möte nere i kulverten.

Utbudet av mat är inte mycket att hurra för, men det är i alla fall betydligt mycket bättre än en fryst panpizza eller en lika fryst thailåda, där större delen av lunchrasten går åt att micra den varm. Till slut faller valet på en låda med köttfärssås och spagetti – klassikerna funkar trots allt jämt – och hon följer disken fram till kassaapparaten och blippar kortet.

När hon vänder sig om för att gå tillbaka uppfattar hon en rörelse i ögonvrån och snurrar snabbt tillbaka igen.

Hjärtat studsar till.

Som dittrollad av hennes tankar sitter Rikard vid ett bord inne i hörnet och vinkar med armen ovanför huvudet.

Klara kastar en snabb blick runt omkring innan hon börjar gå. Ingen av personerna i vita uniformer i närheten ser bekant ut.

”Hej!” Hon skyndar fram och står avvaktande kvar vid bordsänden till Rikards bord, som till hälften dols bakom en stor krukväxt.

Rikard ler brett.

”Har du tid att slå dig ner en stund möjligtvis?”

”Visst.”

Klara sätter sig utan att ens kolla klockan. Tur att hon som vanligt är ute i god tid. Dessutom är vissa saker väl värda att komma försent för.

Rikard granskar hennes ansikte.

”Du ser lite extra munter ut idag. Har det hänt något speciellt?” Han ser genuint glad ut för hennes skull.

”Faktiskt har jag nog varit extra glad hela veckan. Jag har äntligen tagit tag i att börja bearbeta något som tyngt mig en längre tid. Flera år faktiskt.” Hon låser fast blicken i hans. ”Och nu träffade jag dessutom på dig.”

”Det gjorde du minsann. Nu kommer mina kollegor fråga mig också varför jag ser så glad ut när jag kommer tillbaka till avdelningen”, säger Rikard.

Glädjen rotar sig ännu djupare i kroppen. Borrar sig nedåt i Klaras kropp.

”Faktum är att jag inte har kunnat tänka på något annat än dig hela veckan”, fortsätter Rikard.

”Jag har tänkt mycket på dig också.”

”Jag vet att det här är väldigt nytt, men det känns verkligen som att vi är på väg mot något riktigt bra. Något speciellt”, säger Rikard och placerar handen på hennes knä under bordet.

Kroppen reagerar direkt och temperaturen i lokalen känns med ens kokande varm.

Klara tittar in i de bruna ögonen.

Om hon bara kunde läsa tankarna som finns där innanför. Vad menar han egentligen med att de är på väg mot något riktigt bra? Tror han att det skulle kunna finnas en framtid för dem? En framtid där han inte längre skulle vara gift, utan istället vara fri att göra vad han vill och vara med vem han vill.

”Ducka!”

Utropet kommer innan Klara hinner svara och hon sänker automatiskt huvudet och stirrar ner i bordsskivan medan håret hänger fram och döljer ansiktet. Sekunderna tickar långsamt förbi och hjärtat hamrar i bröstet. Hon räknar brödsmulorna som lämnats kvar på bordet av en tidigare kund. När hon kommit till tjugotre andas Rikard ut.

"Du kan titta upp igen." Han grimaserar. "Jag ber om ursäkt för det där, men en av mina kollegor från neo gick precis förbi. Olyckligtvis samma kollega som såg oss nere i kulverten tidigare i veckan. Men du behöver inte oroa dig. Hon tittade aldrig hitåt."

"Vad bra." Rösten låter tonlös till och med i hennes egna öron. Trots att hon mycket väl vet varför det är bäst att de inte syns tillsammans i nuläget, ens som kollegor, gör det ändå ont att tvingas gömma sig.

"Åh, Klara, om du bara visste hur gärna jag skulle vilja ställa mig upp på stolen och ropa över hela cafeterian hur fantastisk du är."

Han börjar resa sig upp, som om han faktiskt skulle göra det på riktigt.

"Det låter du bli, tack", ler Klara.

"Inte ens ett litet kort utrop?"

"Inte ens det."

De ler mot varandra och den pirrande känslan återtar sin boning i kroppen.

Stegen känns lättare än på länge och de trötta tavlorna på avdelningens väggar framstår plötsligt som riktiga konstverk.

Klara höjer armen och vinkar till Agneta, som har jobbat dagpasset och just är på väg in på en sal längre ner i korridoren.

"Vet du vad jag gjorde tidigare i veckan? Jag bokade äntligen en tid hos en psykolog. Tack för att du peppade mig till att göra det. Jag tror att det är precis vad jag behöver."

"Bra jobbat!" Agneta ler stort och vinkar tillbaka innan hon försvinner in på salen.

Klara fortsätter in på koordinatorsexpeditionen där flera av kollegorna redan samlats för att invänta gruppchefens korta dagliga möte innan kvällens jobbpass drar igång på allvar.

Hon låter blicken svepa över rummet.

Ingen Adam idag heller. Deras schema har inte sammanfallit ett enda pass sedan bråket vid cyklarna. Men det kanske är lika bra. Hon är inte redo att hantera det ännu och orkar inte med att se Adams dömande blickar. Nu när det känns så bra med Rikard får ingenting förstöra det.

Klara tittar mot pallen i hörnet, men bestämmer sig istället för att slå sig ner i en av fåtöljerna bredvid soffan, för att kunna ta del av kollegornas samtal. Om hon både vågar öppna upp sig för Agneta och boka tid hos en psykolog borde lite lättsamt småprat inte vara alltför svårt att klara av.

"Titta här. Har du sett något så gulligt?" Maggan lutar sig fram från sin plats i soffan och håller fram mobilskärmen mot Gunilla, som sitter i fåtöljen bredvid Klara.

Från telefonen hörs ett nöjt jollrande från en bebis och dess föräldrars förtjusta utrop.

Gunilla tittar på videon med ett leende på läpparna.

"Vad stor han blivit."

Maggan nickar och håller upp mobilen åt andra hållet, så att Malin som sitter bredvid henne i soffan också ska kunna se.

"Nej men titta, vilken sötnos."

"Ja, mormors lilla prins", kuttrar Maggan och lutar sig tillbaka i soffan igen.

Känslan av att vara osynlig sprider sig genom kroppen på Klara. Är det inte kutym att visa alla om man visar någon? I alla fall när de bara är fyra stycken i rummet varav tre stycken nu sett videon och kan diskutera innehållet. Klara kan nästan känna hur Tina sitter bredvid henne och puffar henne uppmanande i sidan med armbågen.

Kom igen nu. Visa att du kan få kontakt med dina kollegor.

"Jag skulle också gärna vilja s…"

"God eftermiddag!" Eva stegar in i rummet och dränker slutet av Klaras mening.

Maggan riktar sig genast åt Evas håll och inleder ett samtal.

Klara vänder bort blicken. Inte ens när hon verkligen anstränger sig och försöker kan hon nå fram till sina kollegor.

Bakom sig hör hon Malin glatt babbla på. Om Malin skulle ha blivit överröstad skulle hon bara ha höjt rösten och fått fram sin mening. Glada pratsamma Malin vars åsikt alla istället efterfrågar och anstränger sig för att höra. Varför ska det vara så svårt för

henne själv att vara lite mer som Malin? Det ser ju lekande lätt ut
när hon gör det. Självförtroendet från det svåra telefonsamtalet
och mötet med Rikard försvinner helt i takt med att kollegornas
muntra småprat fortsätter runt omkring henne.

Kapitel 33

Klara tittar ännu en gång på skärmen på väggen inne på koordinatorsexpeditionen. Ibland känns det som att dagarna bara flyger förbi. Har det verkligen redan gått ett dygn sedan hon satt här igår och lämnades utanför samtalet om Gunillas barnbarn?

Ögonen fokuseras mer intensivt på tavlan och Klara kväver ett stön.

Självklart kunde inte de senaste veckornas tur hålla i sig för alltid. Ikväll jobbar hon och Adam inte bara samma pass, utan ska också jobba tillsammans och ansvara för team fyra.

Klara sätter sig på pallen i hörnet med blicken fäst vid dörröppningen. Hon behöver inte vänta länge. Efter bara ett par minuter kommer Adam in på expeditionen och hälsar glatt på alla medan han sneglar mot skärmen. Leendet stelnar och smilgropen försvinner. Blicken letar sig fram till hennes hörn och han sänker huvudet i en tyst hälsning. Klara gör ett försök till ett leende, men Adam har redan hunnit vända sig bort och gör ansträngningen meningslös.

Kvällen går snabbt och flyter på bra trots att det som vanligt är mycket att göra. Osams eller ej är hon och Adam ändå ett bra team på jobbet.

Medan Klara sitter framför datorskärmen och dokumenterar kvällens arbete och dubbelkollar att hon ligger i fas med det som fortfarande återstår att göra envisas tankarna med att hela tiden glida in på sidospår. Kanske vore det ändå bäst att bara prata med Adam och kunna lägga bråket bakom sig. Som det är just nu går det bara åt mer energi till att försöka undvika honom än vad det skulle göra att bli sams igen.

Klara tittar automatiskt upp vid ljudet från displayen ovanför dörrkarmen. Hannas sal.

Hon reser sig med ett leende. Kanske har Hanna kommit fram till något mer klokt i sin strävan att acceptera sina känslor som hon kan dela med sig av.

Att jobba med patienter måste vara ungefär som hennes mammas jobb på förskolan. Självklart får man inte ha några favoriter, men trots det har vissa personer lättare att nästla sig in i hjärtat än andra. Speciellt de gravida som, likt Hanna, kan tillbringa många veckor på avdelningen istället för att bara vara här något dygn efter förlossningen.

Klara reser sig upp och går mot salen.

Just som hon kommit fram svänger Adam runt hörnet från andra hållet med blicken fäst på dörren. Båda två stannar upp och tittar avvaktande på varandra.

"Jag kan svara", säger Klara.

Adam rycker på axlarna.

"Äsch, vi kan lika gärna gå in båda två nu när vi ändå är här."

Han drar upp dörren och tvärstannar några steg in.

Klara kikar över hans axel.

Hanna står mitt i rummet och tittar på dem med skräckslagen blick. På golvet under henne håller en blodpöl på att bildas. En växande blodpöl.

"Jag kände att det blev varmt och blött i trosorna och tänkte gå till toaletten för att kolla." Orden kastas ur hennes mun. "Jag trodde att jag kanske kissat på mig." Hon börjar snyfta hysteriskt.

Adam vänder sig mot Klara.

"Vad behöver du?" Rösten är coollugn.

"Hjälp henne tillbaka till sängen."

Adam går genast fram och tar Hanna under armen och leder henne vänligt men bestämt mot sängen medan Klara kastar sig bakåt, mot displayen bredvid dörren. Hon trycker på den röda knappen och utanför börjar den höga ihållande signalen som kommer att kalla hit deras kollegor att ljuda. Men just nu är de ensamma.

Adam pratar lugnande med Hanna, som håller hans hand i ett krampaktigt grepp och snyftar.

"Vad är det som händer? Kommer mitt barn att dö?"

Klara rullar undan sängbordet för att få bättre plats.

"Vi kommer att behöva ta ut bebisen nu på en gång, Hanna."

Dörren rycks upp och första kollegan är på plats.

"Ring förlossningsjouren och neoläkare. Misstänkt avlossning av moderkakan i vecka trettiofyra", säger Klara.

"Jag ringer", bekräftar kollegan och försvinner snabbt ut genom dörren igen och banar väg för nästa.

"Förbered väg för att vi ska kunna ta patienten till operation och säg till nästa person att vi behöver stickvagnen." Klara delar ut instruktionerna och tittar sig samtidigt runt i rummet. Var är CTG-apparaten?

Adam dyker upp vid Klaras sida och räcker över CTG-dosan som han förberett med gel och drar fram den redan startade maskinen bredvid henne innan han återgår till sin plats vid Hannas huvud. Han fortsätter att med lugn röst berätta vad de gör och vad som kommer att hända.

Klara lägger dosan mot den uppspända magen och rummet fylls av hjärtslag. Alldeles för långsamma, men de finns där.

Gunilla kommer inspringandes.

"Allt är klart för snitt. Jouren och en barnmorska från förlossningen möter er nere i operationssalen och Hannas man är på väg hit."

Medan Gunilla pratar plockar Adam ihop allting som behövs för att ta ett blodprov och sätta en infart och räcker över till Klara, som vänder upp Hannas arm. Tack och lov löper där stora fina blodkärl som inte är några problem att träffa rätt på ens med händer som skakar.

"Klara tar ett blodprov och sätter in en plastslang för att de ska kunna ge dig läkemedel och blodtransfusion under operationen om det behövs", förklarar Adam. "Och nu kommer vi springa ner med dig i sängen till operationssalen en våning ner."

Klarar räcker över det blodfyllda röret till Maggan och tejpar fast infarten.

"Spring med det här till Blodcentralen och be dem skicka två påsar blod till operation när analysen är klar."

Maggan nickar kort och försvinner ut genom dörren.

"Nu ska vi ta ut din bebis." Adam trycker Hannas hand en sista gång innan han trampar hårt på metallpedalen och låser upp bromsen på sängen med ett högt gnisslande och börjar dra sängen i huvudändan.

När Klara väl kommit runt till fotändan är sängen nästan redan ute ur salen.

Korridoren ter sig som en tunnel, med hisshallen som enda synliga punkt. Runt omkring öppnar kollegorna de automatiska dörrarna och håller uppe hissdörren medan Klara och Adam rullar in den tunga sängen i hissen. Det guppar och skramlar som vanligt högt när de stora hjulen träffar hissens tröskel. Adam trycker på knappen med en stor etta på och de tunga dörrarna stängs plågsamt långsamt bara för att behöva öppnas lika plågsamt långsamt några sekunder senare.

Utanför operationssalen står barnmorskan från förlossningen tillsammans med narkospersonalen, redo för att ta över. Adam mumlar några sista lugnande ord till Hanna, som gråter tyst med både beslutsamhet och skräck lysande ur ögonen. Klara trycker Hannas hand när operationspersonalen börjar rulla in sängen.

Klara och Adam står kvar, sida vid sida, och ser dörrarna in till operationssalen stängas framför dem.

Kapitel 34

”Hur är det?” Adam tittar på Klara från sidan där de står bredvid varandra i hissen som rör sig uppåt, tillbaka till avdelningen.

”Det är okej.”

”Är det säkert? Du ser ganska blek ut.”

”Jag säger ju att det är okej”, snäser Klara.

Hon går ut ur hissen och drar kortet genom kortläsaren för att komma in på avdelningen.

Adam håller upp dörren.

”Vill du prata om det?”

”Nej, det här är sådant man får räkna med på ett arbetspass. Vi jobbar trots allt med akutsjukvård.”

”Jo, men jag vet ju att du och Hanna bondat lite extra.”

”Jag säger ju att jag är okej!” Klara knyter händerna hårt längs med sidorna för att dölja hur mycket de skakar.

Adam håller avväpnande upp händerna i luften.

”Okej, okej.” Han pekar mot fikarummet. ”Sätt dig i alla fall och andas i några minuter.”

”Jag har massor att göra och nu ligger jag ännu mer efter.”

Adam ignorerar protesterna, vallar in henne i fikarummet och placerar henne i soffan.

”Här.” Han ställer ett stort glas med stark saft framför henne. ”Jag lovar att jag håller ställningarna och svarar på alla våra ringningar en stund.”

När hon inte svarar, men inte heller gör någon ansats att resa sig, lämnar han rummet och drar bestämt igen dörren bakom sig. Ljuden från avdelningen stängs effektivt ute.

Klara lutar pannan mot händerna och kämpar mot tårarna. De akuta situationerna på avdelningen brukar vara tillräckligt illa i vanliga fall, men nu när det dessutom gäller Hanna känns det ännu värre. Självklart har Adam rätt. Hon är inte alls okej och Hanna är inte bara vilken patient som helst. De har hunnit utveckla någon form av spirande vänskap under veckorna som Hanna varit inlagd.

En torr snyftning smiter förbi hennes kontroll. Snälla säg att allting går bra för både Hanna och bebisen.

Klara tar en klunk saft. Den iskalla drycken hjälper till att få hjärnan lite mer alert igen. Hon har en timme kvar på sitt pass innan det är fritt fram att gå hem och älta situationen inifrån och ut. Kunde hon ha gjort något annorlunda? Kunde hon gjort något mer för att hjälpa Hanna? Missade hon några tecken tidigare under passet på att det här var på väg att hända?

"Hur känns det nu?" Adam kommer tillbaka in i fikarummet.

Klara tittar på klockan över dörren och spärrar upp ögonen. Hon har suttit här i nästan tjugo minuter. Nu måste hon ta sig samman och slutföra passet. Att behöva jobba övertid är det sista hon vill ikväll.

"Det känns bättre. Tack för att du täckte upp vårdlaget." Rösten låter mjukare igen. Inte den hårda och onödigt anklagande rösten från tidigare. Hon har verkligen ingen rätt att ta ut sin frustration på Adam, som bara försöker vara snäll, trots att de är osams.

De isblå ögonen möter hennes.

"Du, förlåt. Både för att jag var otrevlig nyss, när du bara försökte hjälpa mig och för vårt bråk när vi cyklade hem", säger Klara.

Adam ler.

"Förlåt själv. Jag borde inte lagt mig i. Men jag tycker inte att du borde lita på Rikard. Han…"

"Men börja inte igen då", avbryter Klara. Det är mitt liv och mitt val har jag ju sagt."

Klara vänder sig om och börjar stega ut ur fikarummet.

"Jag försöker bara hjälpa dig. Men för all del. Lyssna inte då."

Adams röst klipps tvärt av när hon stänger dörren bakom sig med en smäll.

Vad håller han egentligen på med? Ännu fler påhopp om vilken omoralisk människa hon är, är det sista hon behöver just nu. Att han har mage att börja lägga sig i igen just som hon var villig att stryka ett streck över allt och gå vidare. Tydligen var det inte alls en realistisk tanke. Om Adam tänker fortsätta med sina negativa synpunkter klarar hon sig bättre utan hans sällskap.

Tårarna bränner åter bakom ögonlocken. Kan inte den här kvällen bara ta slut någon gång?

"Har du hört något om hur det gick för Hanna som låg på sal tjugofem? Hon gjorde ett akut snitt igår." Klara håller andan i väntan på Agnetas svar.

Det har varit en lång natt och ännu längre förmiddag hemma i väntan på kvällspasset. Till slut var det lika bra att ge upp och gå till jobbet lite tidigare än nödvändigt. Vad som helst var bättre än att sitta hemma och inbilla sig tusen olika scenarier – det ena värre än det andra.

Eftersom hon är här tidigare än tänkt är lunchrummet fyllt av hennes kollegor som äter lunch och lyckligtvis är Agneta en av dem. Hon sitter i soffan och tittar upp från tidningen hon placerat i knät när hon hör Klaras fråga.

"Ja, det har jag faktiskt." Agneta ler. "Allting gick bra för både mor och barn. Hanna förlorade en del blod, men inga jättestora mängder. Bebisen är inskriven på neo såklart, eftersom det var prematurt. Men det låter som att allting är bra med honom också."

"Honom?"

Agneta lägger ner tidningen på bordet framför sig.

"Javisst, en ganska stor gosse för sin ålder tydligen. Han verkar vara en riktig kämpe som säkert kommer ställa om fint till livet utanför livmodern."

Klara sjunker ner på stolen på andra sidan bordet. Benen känns plötsligt som spagetti och axlarna sjunker ner till sin rätta plats igen. Allting har gått bra.

"Du gjorde att bra jobb hörde jag", säger Agneta.

"Tack."

"Men hej på er!"

Malin drar ut stolen bredvid Klara och sätter sig.

"Ni kan aldrig gissa vad jag och Adam gjorde i förrgår." Hon lutar sig ivrigt fram över bordet.

Agneta håller upp en hand.

"Om det är något oanständigt vill jag inte höra det."

"I wish." Malin fnissar. "Men nej, inget oanständigt. Han bjöd ut mig på restaurang. Och inte vilken restaurang som helst. Gissa vilken?"

"Mycket gissande här nu." Klara tvingar fram ett skratt för att mjuka upp de sarkastiska orden. Varför låter hon så sur? Det är väl jättekul om Adam tagit med Malin till en fin restaurang.

"Miss Voon!" Malin strålar och kastar sig in i en detaljerad beskrivning av restaurangen högst upp på hotellet, med sina stora fönster och utsikt över hela staden. Med råge Uppsalas flottaste restaurang.

"Miss Voon?" Klara rynkar pannan.

"Va?" Malin tappar tråden mitt i en beskrivning av drinkarna de beställde.

"Eh." Kinderna blir varma. "Jag trodde bara inte riktigt att Miss Voon var Adams stil. Jag har aldrig hört att han tagit någon av alla sina andra dejter dit."

"Alla sina andra dejter?"

Klaras knä börjar hoppa under bordet.

"Ja, alltså … han har ju dejtat förut."

Malin rynkar pannan.

"Fast inte så många. Bara … du vet … lagom många. Men det är väl ett jättebra tecken på att han verkligen gillar dig. Att han vill testa något nytt", säger Klara.

Malin skiner upp.

"Det har du rätt i. Tror du att han gillar mig på riktigt?"

Klara tittar bedjande på Agneta på andra sidan bordet för att bli räddad från konversationen, som bara blir trassligare och trassligare.

"Det känns omöjligt att någon inte skulle kunna gilla dig, hjärtat. Men det kanske blir lättare att svara på när ni hunnit gå på några fler dejter och lärt känna varandra bättre?" säger Agneta.

Malin suckar.

"Ja, det har du väl rätt i antar jag."

Klara tittar tacksamt på Agneta och sjunker djupare ner på stolen medan knät fortsätter att röra sig upp och ner under bordet.

Kapitel 35

"Jag står inte ut längre!"

Kvinnans rop ekar mellan väggarna. Hon lägger handflatorna mot madrassen och fortsätter vagga fram och tillbaka i den framåtböjda ställningen över sängen. Sjukhusskjortan hänger fram och döljer den stora magen.

"Det gör för ont!"

Hennes partner sträcker försiktigt fram handen och stryker henne över den böjda ryggen.

"Såja, älskling, du är jätteduktig."

"Rör mig inte!" Kvinnan morrar fram orden och fortsätter andas stötvis.

Klara ställer sig bredvid mannen och ger honom ett tröstande ögonkast.

"Din man har rätt. Det går jättefint framåt. Här drick lite, så att du får nya krafter."

Kvinnan stönar, men säger åtminstone inte emot. Hon tar glaset och dricker snabbt några klunkar, med ögonen stängda, innan hon räcker tillbaka glaset och återupptar sitt vaggande.

Klara vänder sig till mannen igen.

"Det verkar jobbigare nu än förra gången jag var här inne."

Han nickar.

"Ungefär hur tätt kommer värkarna nu?"

"Nu tror jag att det är ungefär tre på tio minuter."

"Perfekt."

Klara vänder sig mot kvinnan igen.

"Skulle det vara okej om jag undersöker dig? Det låter som

att värkarna kommit igång ordentligt. Och det kanske börjar bli dags för er att få åka ner till förlossningen. Så kan du få bättre smärtlindring också. För jag gissar att de varma kuddarna inte har så mycket effekt längre?"

Det känns alltid lika undermåligt att bara kunna erbjuda varma kuddar som smärtlindring till kvinnorna som uppenbart har betydligt mer ont än vad värmen kan hjälpa till att stilla. Då är det bättre att hon får komma ner till förlossningen och få tillgång till både fler och bättre alternativ.

Kvinnan nickar och stönar högt när en ny sammandragning börjar byggas upp och långsamt nå sin kulmen.

När den klingat av passar Klara på att undersöka.

"Det har verkligen gått fint framåt. Livmodertappen är utplånad och du är öppen fem centimeter. Bra jobbat!"

Kvinnan stönar uppgivet medan den blivande pappan ser desto mer exalterad ut.

"Fem centimeter. Wow!"

"Se inte så glad ut. Allt det här är ditt fel", väser kvinnan.

Mannens mungipor sjunker nedåt medan Klara kämpar för att hennes inte ska dras uppåt.

I det här läget brukar de flesta kvinnorna helt glömma den lilla detaljen att de faktiskt visst vill ha barn och att de möjligtvis också hade viss delaktighet i skapandet av nämnda barn.

"Jag går och ringer förlossningen och ser vilket rum ni är välkomna till."

Klara sätter sig på bänken i omklädningsrummet och börjar långsamt dra jeansen över fötterna och vidare upp över benen. Rörelserna känns trötta och stela efter det stressiga jobbpasset. Tack och lov fick hon i alla fall iväg kvinnan med värkar ner till förlossningen med gott om tid till godo den här gången.

Lysrörens ljus lyser starkt uppifrån taket, men lyckas ändå inte nå in i de mörka hörnen mellan plåtskåpen.

En suck letar sig ut genom Klaras läppar. Trots att de senaste jobbpassen har varit bra är det något som känns fel. Samma obehagskänsla som en kliande ulltröja mot känslig hud. Men utan möjligheten att ta av sig tröjan och rätta till det som fräter.

Klara lägger ner de vita jobbkläderna i tvättkorgen innan hon tar ner väskan från kroken inuti plåtskåpet. Hon slänger en blick på mobilens skärm medan hon stänger skåpdörren.

Hjärtat studsar till.

Ett meddelande från Rikard.

R: *Möt mig vid lekplatsen i Stadsparken efter jobbet? Jag saknar dig.*

Tröttheten är med ens som bortblåst.

K: *Gärna. Är där om tio min.*

Svaret kommer direkt.

R: *Jag är redan där och väntar. Ses snart!*

Aldrig har vägen från sjukhuset till parken mittemot känts så lång. Aldrig har den gått så snabbt att gå.

Klara kommer fram till den stora lekparken med andan i halsen. Överallt springer glada barn omkring, med mindre glada föräldrar i släptåg.

Blicken sorterar snabbt bort alla som är kortare än en meter.

Där borta. På andra sidan lekparken står han. Med det mörka håret flygandes i vinden.

"Kul att du ville ses." Rikards leende är brett.

"Såklart."

"Kom. Jag vet ett perfekt ställe", säger Rikard och leder vägen till en bänk som står undangömd, omringad av buskar.

"Som ett eget rum. Fast utomhus."

Klara sätter sig bredvid honom på bänken och tittar på grönskan runt dem. Det känns mycket riktigt som att vara inne i ett rum. Att sjukhuset ligger bara ett stenkast bort är lätt att glömma. Någon av deras kollegor skulle kunna gå förbi bara någon meter bort utan att kunna se dem. Det perfekta gömstället. Men istället för att bli pirrig av tanken känns det mer ledsamt att behöva smussla på det här sättet.

Klara trycker undan tankarna. Smusslande eller ej, är hon i alla fall här med Rikard. Det är trots allt tusen gånger bättre än alternativet: att inte ses alls.

"Jag har längtat efter det här." Han möter hennes blick.

Det kliar i fingrarna att få rätta till de mörka hårtestarna som lagt sig fel efter blåsten, men något hindrar hennes hand.

"Jag också."

De ler mot varandra. Sedan blir det tyst.

Klara vrider sig på bänken.

"Så, är allt bra med dig?" säger hon till slut.

"Jorå. Jag antar att jag känner mig lite … ensam bara."

Rikard tittar ner i gruset framför fötterna.

"Är Lisa bortrest igen?"

"Nej, hon jobbar faktiskt hemifrån just nu. Men det verkar inte göra så stor skillnad. Hon jobbar jämt ändå."

"Men om hon jobbar hemifrån borde ni väl ha mycket tid till att ses? Även om hon jobbar."

"Inte när hon sitter instängd på kontoret fyrtio timmar i veckan. Jag förstår inte varför hon bara inte kan dra ner på timmarna."

Klara rynkar pannan.

"Fast fyrtio timmar i veckan är väl normalt? Du jobbar väl också heltid?"

Att de båda jobbar heltid borde inte vara ett problem. När Rikard har pratat om Lisa tidigare har det låtit som om hon jobbar minst det dubbla. Unnar han inte sin fru en karriär? Det är trots allt inte femtiotalet längre. Att kvinnor vill lönearbeta i lika hög utsträckning som männen är inget nytt och något som bara någon med skev kvinnosyn skulle ifrågasätta.

"Jo, det är väl sant." Rikard ser ut att anstränga sig för att få fram ett leende. "Men varför sitter vi här och pratar om Lisa? Jag är ju här för att träffa dig. Kan du inte berätta om din dag?"

På väg hem driver tankarna iväg medan fötterna automatiskt

fortsätter att trampa. Det är något som skaver. Trots att eftermiddagen med Rikard var fantastisk på alla sätt – han var lika uppmärksam och uppmuntrande som vanligt – är det ändå något som inte känns hundra procent rätt. Det skulle mycket väl kunna vara själva situationen. Att behöva träffas i smyg och gömma sig bland buskarna solkar ner upplevelsen. Hur mycket hon än försöker trotsa sina egna värderingar viskar ändå något inombords att otrohet är fel.

Gör hon om samma misstag igen, som hon redan gjort med Jonas? Försöker hon ännu en gång anpassa sig och ge mer än hon får tillbaka till någon som inte är lika investerad i relationen som hon är? Och är det verkligen det här hon vill ha ut av ett förhållande? Att vänta på att Rikard eventuellt skulle kunna lämna sin fru för henne.

Kapitel 36

”Jaha, Klara. Jag är ledsen att jag hoppade på dig i korridoren såhär utan förvarning, men jag vill bara byta några ord med dig innan du går hem för dagen.”

Tina går fram till skrivbordsstolen och sätter sig medan hon pratar.

Klara står tveksamt kvar i dörröppningen.

”Ingen fara. Jag har ingen brådska. Jag tänkte faktiskt gå ner till neo också innan jag går hem. Jag har inte hunnit prata med Hanna ännu. Du vet hon som låg på sal tjugofem och började blöda.”

”Just ja, det hörde jag om. Vilken tur att allting gick bra. Det är väl en jättebra idé att gå ner och kolla om hon har några frågor eller så om händelseförloppet.”

”Mm.”

Egentligen vill Klara bara gå ner för att försäkra sig om att både Hanna och bebisen mår bra, men det låter onekligen bättre – mer professionellt – att gå ner för att svara på frågor.

Tina harklar sig.

”Jag ville prata om positionen som gruppchef. Hösten närmar sig med stormsteg och om inte allt för lång tid måste jag fatta ett beslut om vem jag ska befordra. Och jag vill att du ska veta att beslutet fortfarande är långt ifrån klart.”

Hon möter allvarligt Klaras blick.

”Om jag ska vara helt ärlig är jag lite besviken på ditt engagemang. Jag tycker att jag uttryckte mig väldigt tydligt när vi pratade i början av sommaren. Jag behöver se något mer från dig.

Jag har fortfarande inte fått uppfattningen att du är redo att ta på dig det här ansvaret. Den här ledarrollen."

Klara viker undan med blicken och fäster den på Tinas axel.

"Jag förstår."

"Är du fortfarande intresserad av att bli gruppchef?"

"Självklart!"

Tinas röst mjuknar.

"Men då så. Lägg i en högre växel nu och övertyga mig."

"Det ska jag."

Klara lämnar kontoret och går mot hisshallen. Självklart vill hon fortfarande bli gruppchef. Och hon har faktiskt ansträngt sig och försökt förbättra sin relation till kollegorna, eller snarare kollegornas relation till henne, även om inte Tina kan se det. Uppenbarligen måste hon vara tydligare i sina ansträngningar och se till att uppmärksamma Tina på det.

Hon kliver in i hissen och släpper ut luften ur lungorna med en lång ljudlig pust. Den här chansen får inte glida ur händerna. Det kan dröja flera år innan en position som gruppchef blir ledig igen. Om Eva får tjänsten lär hon väl ockupera titeln i minst hundratjugo år innan hon kastar in handduken.

Klara går ut ur hissen och följer den långa korridoren, runt förlossningen, mot neonatalavdelningen. Med varje steg växer förtvivlan så väl som irritationen. Hur ska hon kunna visa Tina att hon visst förtjänar positionen? Inners inne vet hon att hon skulle klara jobbet bra. Problemet är bara att samhället oftast förknippar ledarroller med att vara extrovert. Att ta plats och synas.

Tankarna får ett abrupt slut när hon kommer fram till dörren in till neo. Pulsen tickar uppåt. Tänk om något hänt med Hanna eller bebisen som hon inte har fått kännedom om?

Klara drar hastigt kortet genom kortläsaren och efter den obligatoriska handtvätten i slussen kliver hon in på avdelningen och börjar gå mot sal nummer nitton, där Hanna ska vara tillsammans med sin familj.

Efter en försiktig knackning smyger Klara in i det varma och nedsläckta rummet. Hon hinner bara ta något steg in i rummet innan Hannas pigga röst hörs från sängen vid fönstret.

"Klara! Vad glad jag blir att du kommer. Kom och hälsa på lille Edwin."

Klara går fram till sängen.

På sängbordet tickar monitorn som registrerar den lilles hjärtljud. Ljudet lugnar effektivt ner Klaras egen puls.

Hon lutar sig fram och kikar på det lilla knytet som ligger på Hannas bröstkorg med filtar över sig.

"Hej Liten. Minns du mig? Vi har träffats när du fortfarande bodde inne i livmodern."

Känslorna när hon ser det lilla underverket är odelat positiva. Bland värmen som sprider sig i bröstet finns det enbart plats för lycka och glädje för Hannas skull. Ingen avundsjuka eller ledsamhet som hon varit rädd för att känna. Kanske har hon börjat processen att lämna missfallet bakom sig?

"Såklart att han minns dig. Du är ju vår hjälte. Vilken insats du gjorde."

Hanna strålar och kramar Klaras hand med sin lediga. Den som inte är varsamt placerad på Edwin.

"Äsch, jag gjorde bara mitt jobb."

Hanna ser allvarligt på henne.

"Nedvärdera inte dig själv. Du var ett riktigt proffs och det är mycket möjligt att du räddade livet på Edwin med ditt snabba agerande. För oss är inte det att bara göra sitt jobb. Det är allt."

Klara vänder bort huvudet för att torka bort en tår som smugit sig ut från ögonvrån.

"Tack. Jag är verkligen glad att jag kunde hjälpa er. Går allting bra?"

"Ja, han är världens duktigaste bebis. Och nu känns det som att jag äntligen kan få fokusera på att lära känna honom istället för att all uppmärksamhet måste ligga på vilken vård han behöver."

Hanna ler.

"Igår sa läkaren att vi nog bara kommer behöva stanna här någon vecka till innan vi får åka hem. Missförstå mig inte. Neonatalen är en jättebra avdelning och vi känner oss verkligen trygga här. Men det är en väldigt tuff miljö att vara i när alla runt omkring hela tiden befinner sig i olika stadier av hopp och förtvivlan. När Edwin mådde tillräckligt bra för att vi skulle få flytta hit, till ett eget rum, istället för att vara på ett intensivvårdsrum vågade jag knappt visa att jag blev glad. Jag var rädd för att göra de andra föräldrarna, med sjukare barn, ledsna."

Hanna sneglar mot dörren.

"Jag har skickat sambon till köket för att fixa vår mat av samma anledning. Igår var det en kvinna som satt där inne och grät hjärtskärande. Det är så svårt när det inte finns något man kan göra för att hjälpa. Jag är verkligen tacksam över att det har gått så bra för oss."

"Jag kan tänka mig att det måste vara jättesvårt. Men det måste samtidigt få vara okej att både glädjas åt att Edwin äntligen är här och mår bra och att ni snart ska få åka hem. Vi förstår att du är less på oss på kvinnokliniken vid det här laget", säger Klara.

Bakom ryggen öppnas dörren och Hannas sambo kommer in med en fullastad lunchbricka som han ställer ner på bordet i ena hörnet av rummet.

Han ler stort och klappar Klara på axeln innan han kärleksfullt placerar handen på sin son.

"Tack så mycket för att du hjälpte Hanna och Edwin. Du räddade inte bara deras liv, utan mitt också. Utan dem vore jag ingenting."

Hanna ler upp mot honom.

"Vi är så tacksamma. Mot Adam också. Han var här nere och hälsade på för någon dag sedan. Vilket team ni var." Hanna riktar sitt leende mot Klara istället.

"Ja, Adam var fantastisk", instämmer Klara.

"Ni båda", envisas Hanna.

"Ja ja, riktiga superhjältar." Klara blinkar och Hanna och hennes sambo skrattar.

"Just precis!"

"Jag vill verkligen inte avbryta er, men jag tänkte om du vill äta medan det är varmt, älskling."

Hanna öppnar munnen, men han fortsätter innan hon hinner säga något.

"Du måste komma ihåg att ta hand om dig själv lika bra som du tar hand om vår son." Han stryker henne över håret. "Det går åt mycket energi till att vara världens bästa mamma."

"Äsch", mumlar Hanna, men rösten låter grötig.

Klara reser sig upp från stolen.

"Självklart måste du äta. Jag behöver ändå bege mig hemåt nu. Det är livsfarligt att stanna kvar i lokalerna efter arbetstid. Snart kommer min chef nosa upp mig och beordra mig att jobba ett dubbelpass."

Hon skrattar till, som om det vore ett skämt och inte något som mycket väl skulle kunna hända.

Klara går ut från avdelningen med Hannas ord på repeat i huvudet. Trots allt gjorde hon nog ett ganska bra jobb den där kvällen. Men hon hade aldrig kunna göra det så bra utan Adam. Han verkade kunna läsa hennes tankar och förutsäga precis vad hon behövde och när hon behövde det. Både mitt i situationen såväl som efteråt. Dessutom lyckades han överföra sitt lugn till både Hanna och henne själv. Hanna har rätt i att de är ett bra team.

Det sticker till i bröstet. Han försökte bara hjälpa henne hela kvällen medan hon i sin tur var snäsig och otrevlig tillbaka. Visst finns det lite förmildrande omständigheter i och med att hon var både stressad och chockad. Men han förtjänade ändå en betydligt bättre behandling.

Undrar vad det var som han försökte säga om Rikard? Det där om att hon inte borde lita på honom. Var det bara, likt tidigare, fördömanden om att de inte borde ses för att otrohet är fel? Eller var det något annat?

Hade det verkligen varit så svårt att bara låta honom pratat klart och fått höra vad han hade att säga?

Bilden av Hannas sambo som berömmer Hanna och smeker hennes hår medan deras förstfödde son vilar på Hannas bröst vägrar lämna Klara ifred.

Det är ju det hon vill ha. Och just nu är det långt ifrån vad Rikard erbjuder. Kommer han alls kunna ge henne det? Hon tänker tillbaka på samtalen under sommaren. Har han egentli-

gen någonsin pratat om att lämna Lisa? Och även om han nu
skulle det. Skulle det verkligen vara en bra grund att bygga en
ny familj på?

Kapitel 37

”Så där, mycket bättre.” Klara lutar sig nöjt tillbaka i kontorsstolen. Ännu ett kvällspass är snart avverkat.

”Bör jag bli orolig över att du sitter och pratar med dig själv?” Agneta tittar fram bakom datorskärmen vid skrivbordet mitt emot.

Klara skrattar.

”Kanske lite. Nej, men jag har uppdaterat broschyren om amning. Du vet den där som ser ut att härstamma från 1600-talet?”

Agneta låtsas rysa.

”Usch, jag drar mig alltid för att dela ut den. Den är för hemsk.”

Hon reser sig upp.

”Kan jag få se din version?”

”Absolut.”

Klara vinklar skärmen åt sidan och scrollar sakta nedåt genom sidorna.

”Du har verkligen gjort ett bra jobb. Inte för att det skulle kunna bli så mycket värre, men det här ser verkligen proffsigt ut. Mejla den till Tina nu direkt. Hon kommer garanterat vilja byta ut den gamla mot din version.”

”Tack. Jag kanske faktiskt tar och gör det”, säger Klara.

”Här sitter ni och häckar.”

Malin kommer insvepande på expeditionen. Hon och Klara är team två idag medan Agneta och Maggan utgör team ett. Maggan har dock inte synts till på länge. Hon har säkert tagit tillfället i akt att smita in i förrådet och ringa sin syster för att få en uppdatering om det senaste skvallret inom familjen.

"Snacka om lugnt pass. Det är nästan på gränsen till att jag blir uttråkad", klagar Malin.

"Säg inte så. Du drar olycka över oss, jänta", bannar Agneta. "Vi förtjänar sådana här pass ibland också."

"Det känns konstigt att tänka på att det finns folk som alltid kollar klockan på jobbet och blir uppgiven över att det bara gått fem minuter sedan de tittade senaste gången. Till skillnad från här. Varje gång jag tittar på klockan under ett pass blir jag förfärad över vart de senaste timmarna flugit iväg någonstans", säger Klara.

Agneta skrattar.

"Jag känner igen känslan."

Malin hoppar upp igen från stolen hon nyss satt sig på.

"Kan vi inte passa på att ta en kvällsfika? Nu när vi faktiskt har tid för det."

"Bra idé. En kopp kaffe skulle sitta fint. Så kanske jag kan hålla mig vaken i bilen hela vägen hem sedan." Agneta gäspar medan hon reser sig, som för att understryka sina ord.

De går i samlad tropp till fikarummet. Medan Agneta slår sig ner i soffan med sin kaffekopp väljer Klara och Malin te och stolarna på andra sidan bordet.

"Just ja, påminn mig att jag måste ringa barnläkaren och rapportera ett provsvar när vi är klara", säger Agneta.

"Vet du vem som är jour ikväll?" frågar Klara med bultande hjärta.

Om det är Rikard kanske hon skulle hinna prata lite med honom nu när det ändå är så lugnt på avdelningen. De kanske skulle kunna följa Maggans exempel och gömma sig en stund i ett förråd.

Mungiporna dras uppåt. Tanken känns orimlig, men samtidigt en smula frestande ändå.

Malin grimaserar.

"Bara det inte är Rikard. Det blir alltid så konstigt när han kommer hit. Jag orkar verkligen inte lägga tid på att undvika honom ikväll när det är så lugnt."

"Vad menar du, varför skulle du behöva undvika Rikard?"

frågar Agneta och ser ut att vara lika förvirrad som Klara känner sig.

”Äsch, jag borde inte ha sagt något. Glöm det”, säger Malin.

Klara håller andan. Snälla Agneta, fortsätt fråga.

”Nej men, nu blev jag jättenyfiken. Jag tänker självklart inte tvinga dig att berätta, men det låter så konstigt bara. Jag trodde att alla här i princip avgudade Rikard”, säger Agneta.

Malin fnyser.

”Han är väl en bra läkare och så. Jag tycker bara inte att otrohet är okej.”

Vad menar Malin? Klaras hjärta slår i dubbel hastighet. Vet Malin om att hon och Rikard träffats? Hur kan hon veta det? De som varit så försiktiga.

Agneta rynkar pannan.

”Menar du att Rikard varit otrogen?” frågar hon.

Malin rycker på axlarna.

”Det beror väl på vad man räknar som otrohet antar jag. Men i vintras, på julfesten, flirtade han med mig och antydde att vi borde gå hem tillsammans.”

Det får inte vara sant. Klara sväljer och sväljer för att få bort klumpen i halsen och rummet känns märkligt suddigt i kanterna.

Malin måste ha missuppfattat situationen på något sätt. Tolkat Rikards signaler fel och inbillat sig något som inte fanns. Så måste det vara. Rikard, hennes Rikard, kan omöjligt ha flirtat med Malin också. Och inte på den kvällen. Samma kväll som hon själv fick upp ögonen för Rikard. När hon trodde att han skulle kyssa henne. Var det före eller efter han gjort samma sak med Malin?

Men nej, han gjorde ingenting. Det var ett missförstånd. Missförstånd händer trots allt väldigt lätt.

Malin fortsätter:

”Och enligt vad jag hört när jag frågat runt lite, verkar jag inte vara ensam om den upplevelsen heller.” Hennes vanliga leende är borta. ”Jag tycker verkligen inte att det beteendet är okej när man är gift. Speciellt inte mot sina kollegor, oavsett om man får napp eller inte.”

Svarta prickar börjar dansa framför ögonen.

Klara tvingar ner luft i lungorna. Hon kan inte ställa till med en scen på jobbet. Men tvivlet är borta. Det var inte alls något missförstånd. Rikard har inte bara flirtat med Malin utan dessutom med fler av deras kollegor. Hur många fler? En? Två? Tio? Hur kunde hon vara så dum? Så naiv. Alla tankar, drömmar och planer på kärleken går upp i rök igen.

"Men fy! Det trodde jag verkligen inte om honom. Vad besviken jag blir. Och tänk på hans stackars fru", säger Agneta.

Ja, tänk på hans stackars fru.

Något som Klara borde ha gjort för länge sedan. Allt det fina med deras möten, det som skulle leda dem fram emot ett liv tillsammans, känns plötsligt bara smutsigt och fel.

Agneta ser alltmer upprörd ut, medan hon och Malin fortsätter att diskutera situationen.

Klara hör dem långt bortifrån, som om hon vore under vatten och de ovanför ytan.

Om hon föll för honom och fortsatte träffa honom – hur många av hennes kollegor har då gjort samma sak? Har han träffat fler än henne under sommaren?

Tårarna väller fram i ögonen. Klara borrar in tummens nagel i pekfingret för att distrahera sig med smärtan. Hon kan inte börja gråta i fikarummet.

"Är allt bra, Klara? Du ser lite blek ut."

Agnetas röst tränger igenom bruset i huvudet.

"Absolut, jag kom på en sak jag måste fixa bara."

Klara halvspringer ut ur rummet, i riktning mot toaletterna medan självkontrollen brister och tårarna börjar rinna längs med kinderna.

Kapitel 38

R: *Kan du ses idag? Samma tid och plats i Stadsparken som förra gången?*

Meddelandet från Rikard väntar när Klara får tid att titta på telefonen vid lunchen.

Pekfingret hovrar över symbolen med en soptunna.

Varför skulle hon vilja träffa honom? Fast samtidigt kanske det vore skönt att få ett ordentligt slut. Ett sista möte.

K: *Ses där klockan 16.*

De senaste dagarna har gått åt till att älta Rikards svek och sin egen dumhet. Egentligen borde det inte kännas så här jobbigt när de bara träffats under en sommar och då dessutom i smyg. Men det svekfulla hjärtat har som vanligt legat fem steg längre fram i tiden och drömmen om en familj är åter krossad. Av lögnaren Rikard. Fast om han kan ljuga och lura sin fru utan samvetskval borde det inte komma som en överraskning att han kan göra samma sak mot henne.

Hon är såklart en hycklare som tycker att Rikard gör fel mot henne när hon rättfärdigat samma beteende mot hans fru i flera veckor. Men de tankarna hjälper inte mot sorgen i hjärtat.

Klara tvingar fötterna att fortsätta gå mot Stadsparkens grönska. Över huvudet hänger regnmolnen tunga och hotar att när som helst dränka henne med sitt innandöme. Som om det skulle göra någon skillnad. Det skulle snarare kännas bra att få bli arg på något som är lite enklare. Regn kan trots allt inte svika och krossa drömmar.

Barnens rop i lekparken låter gälla och skär i öronen. Buskarnas grönska sticker i ögonen när hon når fram till den avskilda hörnan.

Rikard sitter redan där och väntar. Han ser allvarligt på henne när hon också sätter sig på bänken, så långt ifrån honom som hon kan komma.

"Hej, Klara. Jag hoppas att allt är bra med dig?" Leendet når inte upp till ögonen.

"Faktiskt inte."

Rikard fortsätter som om han inte hört hennes svar.

"Jag måste prata med dig om en sak." Han drar efter andan. "Igår kväll satt jag och Lisa uppe länge och pratade mer än vi gjort på flera år. Hon har fått erbjudande om ett fast jobb i Stockholm som gör att hon skulle jobba vanliga kontorstider och inte behöver resa mer. Så vi har bestämt oss för att flytta tillbaka till Stockholm. Jag ska också söka jobb där, så behöver ingen av oss pendla."

Klara tittar uttryckslöst på honom.

"Det kommer bli en nystart för vårt äktenskap."

Rikard ser ut att försöka låta bli att le, men misslyckas.

"Lisa tog själv upp att hon börjar känna sig redo för att skaffa barn." Leendet falnar. "Hon är villig att ge mig – vår familj – en ny chans om jag säger upp mig från jobbet med omedelbar verkan, flyttar tillbaka till Stockholm och satsar helhjärtat på att bli ett fungerande par igen. Jag känner att jag måste acceptera hennes utsträckta olivkvist."

Han suckar.

"Jag är verkligen inte stolt över mitt beteende senaste tiden. Både hon och du förtjänar bättre. Men det som hänt ligger redan i det förflutna och jag kan inte göra mina handlingar ogjorda."

"Jag förstår", säger Klara och reser sig.

De har inget mer att säga till varandra. Vad skulle det tjäna till att ställa honom mot väggen och avslöja att hon vet om att han flirtat med andra än henne också? Det får bli hans frus problem. Deras äktenskap är ingenting som Klara längre har något med att göra. Som hon aldrig borde haft något att göra med från första början.

"Du tänker väl inte höra av dig till Lisa och berätta om oss?" frågar Rikard.

"Nej, det tänker jag inte. Lycka till med ert liv."

Klara vänder ryggen mot honom.

"Glöm inte bort att jag täckte upp för dig med det där provsvaret på jobbet. Det skulle fortfarande kunna bli en rejäl plump i ditt protokoll. Du vill väl fortfarande bli gruppchef?"

Klara stannar. Vad menar han?

"Om du berättar för Lisa kommer jag berätta för Tina och då kan du glömma din befordran. Jag skulle också kunna lägga till att du öppnade upp dig och blev för personlig mot en patient. Jag vet visserligen inte exakt vad du sa, men mitt ord väger tungt på sjukhuset."

Självklart. Det räcker inte med att han krossat hennes hopp om ett förhållande. Han har även makten att krossa hennes karriär.

Ilskan letar sig genom kroppen. Sprider sig ända ut i fingerspetsarna. Tanken på att slå en annan människa – som tidigare har känts absurd – har aldrig varit närmare att bli verklighet. Han ska inte tro att han kan utnyttja sin maktposition som läkare som påtryckningsmedel att tysta henne med.

Klara knyter händerna och vänder sig om och tittar honom rakt i ögonen.

"Våga inte hota mig på det där sättet. Jag hade inte tänkt berätta för Lisa, men nu är jag inte lika säker längre."

"Det var inget hot. Jag konstaterar bara fakta. Du har trots allt gjort många misstag den här sommaren."

"Varav du är det enskilt största", fräser Klara och naglar fast honom med blicken. "Och om du vill prata fakta kanske vi istället kan diskutera hur du har flirtat med gud vet hur många av mina kollegor."

En svag rodnad sprider sig på Rikards kinder innan han tittar bort och fnyser.

”Jag förstår inte vad du pratar om.”

Klara öppnar munnen, men stänger den igen med en smäll. Det här samtalet kommer uppenbarligen inte att leda någonstans och är bara slöseri med hennes tid.

”Jag vet mitt värde och behöver ingen bekräftelse från dig för att veta att jag förtjänar bättre än det här.” Hennes röst är iskall och rakbladsvass.

Är det ånger som skymtar förbi i Rikards ögon? Han skrapar med foten i marken men säger ingenting.

”Hoppas att du får ett bra liv i Stockholm. Jag vill aldrig någonsin höra något från dig igen.”

Klara börjar gå därifrån igen och säger över axeln:

”Jag förväntar mig att du byter bort dina ronder på BB tills du slutar, så att vi inte behöver träffas igen.”

När hon gått förbi lekparken och hämtat cykeln från parkeringen är ögonen fortfarande torra. Däremot trampar hon som om tramporna personligen förolämpat henne. Cykeln flyger fram. Det känns tusen gånger lättare att vara arg än ledsen.

Hon missbedömde tydligen Rikard totalt. Placerade honom på någon typ av piedestal, som han uppenbarligen inte alls förtjänar. Stackars ensamma Rikard, som var gift med känslokalla Lisa, fanns bara i hennes fantasi. Påspätt med bilden av den fantastiska läkaren som räddar bebisar – något som hon själv misslyckades med att göra för sin bebis.

Halvvägs hemma börjar ilskan övergå till något annat. Något som mer liknar lättnad. Hon stod på sig och framförde tydligt till Rikard att hans beteende är långt ifrån okej.

Nu slipper hon dessutom gå emot sina principer och behöver inte längre fundera på vad som egentligen är rätt att göra.

Och trots att Rikards andra flirter definitivt satte punkt för hennes känslor hade något börjat skava inombords redan tidigare. Trots att hon försökt ignorera det. Hans skeva kvinnosyn, smygandet och otroheten började krackelera bilden av hennes dröm-man.

Luften känns lättare att andas och en solglimt tränger igenom molnen ovanför hennes huvud. Cykelns halsbrytande hastighet har saktat ner och nu känns varje tramptag kraftfullt istället för ilsket. De för henne framåt istället för att älta det förflutna. Det var bra att hon träffade Rikard en sista gång och fick besvikelsen ur systemet. Samtalet var inte bara slutet på deras romans utan lika mycket början på hennes återhämtning. Hon tänker inte slösa bort ett uns mer tid på honom.

Kanske var det här det bästa som kunde hända. Nu kan hon lämna Rikard bakom sig utan att ens behöva fundera på om de två kunde ha haft en framtid tillsammans om han bara inte hade varit gift. Nu kan hon vila lugnt i tanken att han inte var något att ha. Och definitivt inte någon som hon skulle vilja ha som pappa till sina barn.

Adam hade rätt ändå.

Med ens känns det självklart. Det var såklart det här Adam försökte berätta för henne när hon inte ville lyssna. Han dejtar trots allt Malin, som måste ha berättat samma historia för honom som hon gjorde i fikarummet.

Om Klara bara lyssnat på honom tidigare och satt punkt redan då, innan det knappt börjat. Då hade det inte behövts kännas så här nu. En blandning av skam, tomhet och ilska.

Kapitel 39

"Hur är det med dig egentligen, Klara? Du har sett lite nedstämd ut de senaste dagarna." Agneta tittar bekymrat på henne där de står i korridoren utanför expeditionen.

Lysrören i taket lyser obarmhärtigt i Klaras numera ständigt svidande ögon. Hela situationen med Rikards svek har inte direkt förbättrat varken nattsömnen eller återhämtningen mellan jobbpassen.

Klaras ögon fyllas av tårar. Tusan också. Hon som var så nära att ta sig igenom dagen och få gå hem och äta glass och kolla på serier. Inte behöva hjälpa någon annan än sig själv. Inte behöva klistra ett falskt leende i ansiktet. Men tydligen lyckas hon inte ens speciellt bra eftersom Agneta uppenbarligen inte låter sig luras.

"Äsch, det är inget." Hon tänker tillbaka på deras samtal vid ån och Agnetas kloka råd. "Eller vet du vad. Jag tror att jag kanske skulle behöva någon att prata med igen."

"Självklart. Det är det vänner är till för. Ska vi gå och ta en fika i cafeterian på bottenvåningen innan vi går hem?"

"Gärna. Tack."

De hämtar väskorna och går vidare mot hisshallen. Just som Klara drar sitt kort för att stämpla ut hörs Tinas röst bakom ryggen.

"Klara, jag ser att du är på väg hem, men jag skulle behöva prata med dig om en sak. När jobbar du ett dagpass nästa gång?"

"Imorgon."

"Vad bra. Ska vi säga att du kommer till mitt kontor när du lämnat över ditt vårdlag till kvällspersonalen?"

"Absolut. Får jag fråga vad det gäller?"

"Jag har fått ett mejl angående dig, från en kvinna som nyligen varit patient här."

En gäll ringsignal hörs från Tinas ficka.

"Jag måste svara på det här tyvärr, men då ses vi imorgon."

Tina skyndar vidare med telefonen tryckt mot örat.

Finns det inget stopp på eländet just nu? En patient som mejlat Tina om henne. Vad kan det handla om? Säkerligen inte någon positivt.

Det snor sig i magen.

När en patient tagit sig tid att kontakta chefen är det i princip alltid för att framföra kritik mot avdelningen. Eller personalen. Mest troligt är det något som kommer resultera i både en avvikelserapport och innebära slutet på förhoppningarna om att bli gruppchef.

Klara suckar och går ut i hisshallen där Agneta väntar.

"En chokladboll och en kopp te, tack."

Klara tittar bort mot bordet där hon och Rikard satt för bara några veckor sedan. De nougatbruna ögonen som förmedlade så mycket känslor medan hon pratade. Den varma handen på hennes ben under bordet.

Hon klampar iväg mot ett bord i andra änden av lokalen och ställer ner tekoppen med tillräckligt mycket kraft för att det varma vattnet ska skvimpa över kanten och bränna handen.

Agneta ställer ner sin kopp betydligt lugnare på platsen mittemot Klara.

"Hm, kanske inte roligaste stället för en fika." Agneta tittar sig runt i caféet, vars bästa egenskap är fönsterna som går från golv till tak längs med hela väggen. "Å andra sidan är det alltid tilltalande med saker som ligger nära."

"Speciellt efter ett jobbpass", instämmer Klara.

Agneta nickar och tar en klunk kaffe.

"Så, vill du berätta vad som hänt? Jag fick intrycket av att du hade bokat in ett samtal hos en psykolog?"

Klara sippar på teet, som egentligen är för varmt och bränner på tungan, i ett försök att vinna lite tid.

"Jo, det gjorde jag. Men det visade sig att jag kanske skulle ha bokat ett längre möte." Hon skrattar till. "Jag har visst fler problem än jag trodde."

"Nå, då är det väl tur att jag finns här. Billigare än en psykolog är jag också." Agneta ler, men blir snabbt allvarlig igen. "Har det här möjligtvis något med Rikard att göra?"

Klara rycker till.

"Hur kunde du veta det?"

"Jag såg hur upprörd du blev när Malin berättade om hans närmanden häromdagen när vi var i fikarummet."

Klara tittar ner i tekoppen.

"Vi har träffats."

"Du och Rikard? Som mer än kollegor?"

Klara nyper tag om näsroten med fingrarna.

"Jag vet inte vad som tog åt mig. Från början visste jag inte att han var gift, men när jag fick veta det fortsatte jag att dras till honom ändå."

"Fullt förståeligt."

"Är det?"

"Såklart att det är. Alla dras till Rikard. Ett vackert ansikte i kombination med en vänlig personlighet och ett gott anseende är mer än tillräckligt för att generera mycket uppmärksamhet."

"Jo, men det gör inte det vi gjorde rätt", protesterar Klara.

"Det sa jag inte heller. Jag sa bara att det var förståeligt."

Klara tar en ny klunk te.

Agnetas ord lägger sig som en tröstande filt runt axlarna och det känns renande att få berätta utan att bli dömd.

"Det är bara svårt att förstå att han kunde vara så snäll och fin och samtidigt så falsk."

"Du anade aldrig att han kanske träffade fler än dig?" frågar Agneta.

"Nej, jag tänkte inte ens tanken. Jag tyckte att det var tillräckligt illa att vara otrogen mot sin fru med mig. Det slog mig aldrig att om han kunde göra det med mig kunde han såklart också göra samma sak med någon annan. Jag trodde att det vi hade var speciellt. Att det skulle bli han och jag." Klara stönar. "Jag är verkligen korkad.”

”Inte alls.”

”Adam försökte till och med berätta det för mig. Men jag ville inte lyssna.”

”Adam?”

”Ja, tydligen måste Malin ha berättat om Rikards närmanden för honom på någon av deras dejter. Men istället för att lyssna på vad han hade att säga snäste jag av honom så att vi blev ännu mer osams”, rösten bryts i slutet av meningen och rummets konturer blir suddiga i kanten när tårar tränger upp i ögonen.

Agneta lutar sig fram över bordet och klappar henne försiktigt på handen.

”Jag är övertygad om att Adam kommer förlåta dig om du bara pratar med honom.”

”Tror du? Jag är inte så säker på det. Jag var verkligen otrevlig mot honom. Två gånger.”

”Jag har sett hur ni fin relation ni två har. Jag kan inte tänka mig att Adam skulle vilja förstöra den för något sådant här. Prata med honom du, så ska du se att det ordnar sig”, säger Agneta.

”Du har kanske rätt. Jag ska försöka prata med honom. Tack för pratstunden. Det kan mycket väl vara så att du valde fel karriär och borde ha satsat på psykolog istället.”

Agneta småskrattar.

”Det var så lite så. Du är förresten inte den enda som har problem med män. Vet du vad Lars gjorde igår?”

Agneta börjar berätta om Lars misslyckande försök att laga pasta Carbonara och hur det lett fram till att han numera är bannlyst i köket.

Klara skrattar.

Kanske har hon haft fel som velat bli mer lik Malin med sin spralliga och extroverta personlighet. Kanske borde hon istället försöka sträva efter att vara mer som Agneta på jobbet. Personlig, men inte privat. Vänlig och öppen, men inte babblig.

Det kanske går att bibehålla sin personlighet, men att skruva lite på den bara och visa upp mer av sig själv istället för att försöka bli någon som hon inte är och inte heller vill vara.

Tankarna avbryts av att telefonen som ligger på bordskivan framför Klara lyser upp. Ett samtal från hemligt nummer.

Hon tar upp mobilen medan oron börjar gnaga i magen. Är det inte bara vården som ringer från dolt nummer numera? Men det borde inte vara någon från BB som ringer då hon just gick därifrån.

"Ja, det är Klara."

"Hej Klara. Jag heter Lisa och ringer från Akutmottagningen på Akademiska sjukhuset. Jag ringer angående Maria, din mamma."

Kapitel 40

Världen stannar upp och luften pressas ur Klaras lungor i en flämtning.

Inte mamma. Vad som helst, bara inte det.

Agneta rynkar oroligt pannan på andra sidan bordet medan Klara kraxar fram orden och trycker telefonen hårt mot örat.

"Vad har hänt?"

"Maria ramlade med cykeln utanför mataffären och slog i huvudet", säger Lisa.

Bilderna flimrar förbi inuti huvudet, av mamma som glatt kommer cyklandes med håret flygande. Utan cykelhjälm.

"Är hon skadad? Hon är väl inte …? Klara kan inte förmå sig uttala orden.

"Nej nej, hon mår efter omständigheterna bra. Men det blev en rejäl smäll mot huvudet och hon var avsvimmad en kort stund. En av kassörskorna såg allting inne från butiken och ringde efter ambulansen."

"Är hon vaken nu? Kommer hon få några bestående men?" Frågorna trängs i huvudet.

"Hon är vaken. Som det ser ut just nu har hon haft tur och bara fått en lindrig hjärnskakning, men vi kommer behålla henne på sjukhuset över natten för observation. Hon hade gärna ringt dig själv, men hennes telefon gick sönder i samband med att hon ramlade."

"Jag förstår. Tack så mycket för att du ringde. Jag är på sjukhuset och kan vara på Akuten om bara några minuter."

"Då ses vi snart. Jag hälsar det till Maria."

Klara avslutar samtalet och flyger upp från stolen.

"Mamma har ramlat med cykeln och fått hjärnskakning. Jag måste gå till Akuten."

"Självklart. Vi ses imorgon."

Agneta reser sig upp och ger henne en varm kram.

Klara skyndar iväg genom korridorerna. Jäkla envisa mamma, som ser sig själv som odödlig och vägrar ha cykelhjälm. Det kunde ha gått så mycket värre.

Strupen drar ihop sig och Klara måste stanna för att få ner luft i lungorna. Om inte mamma längre skulle finnas skulle Klara bli helt ensam. Vem skulle då finnas vid hennes sida som närmast anhörig?

Ett ansikte med isblå ögon och skrattgrop i kinden flimrar förbi. Adams vänskap har kommit att betyda mer för henne än hon insett. Självklart måste hon prata med honom och reda ut deras gräl. Hon har inte råd att förlora fler av dem som står henne närmst.

Kapitel 41

Dagens jobbpass flyger förbi och är en enda lång nedräkning mot samtalet med Tina i eftermiddag. Var Tina tvungen att berätta om mejlet redan igår? Så att Klara har kunnat oroa sig över det hela kvällen och natten tillsammans med oron över sin mamma. Maria mådde lyckligtvis alldeles utmärkt när Klara kom till Akuten igår och hon har redan hunnit smsa flera gånger under dagen, från den nya telefonen, om hur mycket hon längtar efter att få bli utskriven och åka hem. Men i takt med att oron över Maria långsamt släppt sitt grepp har oron över samtalet med Tina istället ökat under dagen.

Kan det till och med vara något så illa hon gjort att hon blir av med sin legitimation? Det har trots allt varit en del misstag under sommarens stressiga pass. Dock har alla varit små och helt ofarliga. Problemet är mer att hon inte levt upp till sina egna krav av vården hon vill ge sina patienter. Det enda riktiga misstaget har varit när hon glömde rapportera provsvaret till Rikard. Kan det ha med det att göra? Har han berättat om det för Tina trots att han inte skulle göra det?

Självklart jobbar Adam också dagpass idag. Det har varit konstigt att se honom i korridorerna hela dagen utan att stanna och småprata. Hon har verkligen saknat deras samtal, till och med mer än vad hon trodde att hon skulle göra. Jobbpassen har inte varit i närheten av att vara lika roliga som de brukar. Känslan av att något fattas överskuggar allt annat. Egentligen skulle hon vilja prata med honom nu på en gång och få den här onödiga osämjan ur världen en gång för alla, men det får vänta lite till. Först måste hon lämna över till kvällspersonalen och få samtalet med Tina avklarat.

Klara sneglar på klockan längst ner i hörnet på datorns skärm. Halv två. De borde komma när som helst nu.

Just som hon tänkt tanken kliver Eva in på expeditionen.

Snälla säg att hon inte måste rapportera till Eva av alla personer. Inte just idag när hon är nervös och inte kan koncentrera sig helhjärtat på rapporten och när hon kanske kommer få höra om bara några minuter att Eva blir gruppchef istället för henne.

Eva går med bestämda steg mot hennes skrivbord. Klara kommer på sig själv med att hålla andan. Sedan tar Eva tag om ryggstödet på kontorsstolen som står bredvid Klara och drar iväg den till skrivbordet mitt emot.

Klara släpper ut luften ur lungorna, medan kollegan Agnes, som nu finner sig själv öga mot öga med Eva, istället ser ut att spänna sig.

Klara ger Agnes ett uppmuntrande leende.

Förhoppningsvis är Eva lite vänligare mot Agnes, som började jobba på BB för bara några veckor sedan och inte helt hunnit komma in i alla deras rutiner ännu.

Nu kliver istället Agneta in genom dörren och kommer fram till Klara, som ler brett mot henne. En överrapportering till Agneta är precis vad hon behöver just nu.

Agneta sneglar mot Agnes och Eva vid det andra skrivbordet och pekar sedan mot rummet bredvid.

"Ska vi gå in där och rapportera istället, så behöver vi inte prata i munnen på varandra."

"Visst!" instämmer Klara och följer efter Agneta.

Efter bara en liten stund är överrapporteringen avklarad och Klara reser sig för att gå till mötet med Tina.

Agneta vinkar medan hon fortsätter anteckna på pappret framför sig vad som kommer behöva göras under kvällen.

Just som Klara kliver in på expeditionen igen höjer Eva rösten och ser anklagande på Agnes.

"Vad menar du med att du inte hunnit ta PKU-provet?"

Agnes kinder blir knallröda.

"Eh, jag tänkte att det kanske var bättre om du kunde ta det
medan jag skriver ut familjen på sal fyra?"

"Jag tänker inte utföra dina arbetsuppgifter åt dig. Barnet blev
fyrtioåtta timmar gammalt för en timme sedan och det betyder
att du haft en hel timme på dig att ta provet."

"Ja, förlåt", mumlar Agnes.

Klara stannar mitt i steget.

Det här låter misstänkt likt utskällningen Eva gav henne själv
för några veckor sedan, när hon inte hunnit dokumenterat allt i
tid. Men Evas ton är om möjligt ännu vassare nu än då och Ag-
nes är precis inskolad och kan inte förväntas hinna lika mycket
på sina pass som en mer erfaren kollega skulle ha gjort.

Klara tvekar och tittar bakåt, mot Agneta som fortfarande sit-
ter och antecknar och inte hör vad som sägs i rummet bredvid.

"Om du inte kan sköta dina arbetsuppgifter i tid kanske du
skulle ha sökt jobb någon annanstans", säger Eva.

Agnes ögon fylls med tårar.

"Men nu får det väl ändå vara nog." Klara snurrar runt och
orden exploderar ur henne. "Sådär säger man inte till en kollega,
Eva."

Eva snörper på munnen.

"Lägg dig inte i något som inte angår dig. Jag är i min fulla rätt
att påpeka när någon gjort fel."

"Det här angår visst mig. Jag är trött på din bossiga attityd.
Vi gör alla så gott vi kan under vårt pass och ibland måste man
lämna över saker."

"Man måste kunna sköta sitt arbete. Annars går hela avdel-
ningen under."

Eva stirrar på henne med hårda ögon, medan Agnes istället
vågar sig på ett försiktigt tacksamt leende.

Klara fnyser.

"Du vet dessutom lika bra som jag att PKU-provet kan tas
tidigast när bebisen är fyrtioåtta timmar, inte att det måste tas
exakt då."

"Klara har rätt", hörs en röst från dörröppningen. "Och dess-
utom var det inte Agnes fel att hon inte hunnit göra det än. Det

var mitt, för jag bad henne om hjälp med en sak." Adam ställer sig bredbent bredvid Klara, som lägger armarna i kors. En ogenomtränglig mur som inte tänker vika sig.

Eva flackar med blicken mellan dem och Agnes.

"Ja ja, så är det väl kanske", medger hon. "Jag tar det där jäkla provet. Rapportera klart nu."

Hon vänder ryggen mot Klara och Adam, som ler brett mot varandra.

Fina Adam som står stadigt bredvid henne och stöttar henne, trots att de är osams. Hennes klippa och trygga hamn. När det verkligen gäller ställer han upp utan att tveka fast hon varit allt annat än en bra vän på senaste tiden.

Klara slänger en blick mot klockan. Rapporten till Agneta gick snabbare än hon räknat med. Hon har fortfarande några minuter tillgodo innan Tina förväntar sig att hon ska komma till hennes kontor. Plötsligt orkar hon inte vänta en minut till med att få prata med Adam.

Hon möter hans blick.

"Har du tid att prata lite? Jag har ett möte med Tina om en kvart, men skulle gärna vilja säga något till dig först."

"Självklart. Vi kanske kan sätta oss i fikarummet? Det borde vara tomt nu när alla sitter och rapporterar."

De går tillsammans. Adam sätter sig i soffan och Klara på en stol mittemot.

Hon fäster blicken vid hans axel och letar efter orden, som plötsligt verkar ha försvunnit ur huvudet.

"Jag kanske ska hjälpa dig lite på traven. Jag accepterar din ursäkt och är glad att vi är vänner igen", flinar Adam.

Klara frustar högt av skratt medan glädjen slår ut i bröstkorgen. Nu är allting som det ska vara igen.

Adam tycks alltid veta precis vad hon behöver och han förstår hennes personlighet. Introvert eller ej får han henne alltid att känna sig glad och väl till mods. När hon tänker efter är hon nog inte ens speciellt tillbakadragen och blyg i Adams sällskap. Men inte heller överdrivet utåtriktad och pratig. De har alltid haft en varm och lättsam jargong utan krav på att hon ska vara på ett visst sätt. I hans sällskap kan hon känna sig trygg och blomma ut.

"Tack så mycket. Men skämt åsido är jag verkligen ledsen för att jag sa att du träffar för mycket tjejer och att jag inte lyssnade på dig angående Rikard. Förlåt."

"Förlåt själv. Jag har ingen rätt att lägga mig i ditt kärleksliv. Jag överreagerade helt klart. Jag hoppas att jag inte gör dig arg igen nu, men jag måste faktiskt få berätta en sak om Rikard."

"Jag vet redan att han flirtat med andra också. Malin berättade."

Adam ser lättad ut.

"Åh, vad bra." Han möter hennes blick. "Så … hur är det mellan er nu?"

Klara fnyser.

"Jag vill aldrig någonsin se honom igen."

"High five på den."

Orden till trots håller Adam istället upp sin knutna näve och väntar tills hon knockar knogarna mot hans.

"Jag är glad att vi är sams igen. Men nu måste jag gå på mitt möte med Tina", säger Klara och reser sig upp samtidigt som känslan av ett lätt illamående gör sig påmint.

Adam reser sig också och kommer runt på hennes sida av bordet. Innan hon hinner reagera slår han armarna om henne och drar in henne i en kram. Det sjunger med ens i blodet.

"Jag har saknat dig. Lycka till med vad det än är ni ska prata om", säger Adam lågt i hennes öra.

En ilning går genom Klaras kropp och huden på armarna knottrar sig.

Just som han släpper henne kommer Malin in i fikarummet. Hon ser förvånad ut, men säger ingenting medan hon går fram till diskbänken och sträcker sig upp mot hyllan efter en kopp.

Klara kinderna hettar, men hon hinner inte stanna upp och reflektera mer över kroppens konstiga reaktioner, utan skyndar sig istället ut i korridoren. Hon får inte komma försent till Tina.

Kapitel 42

Den knutna handen darrar i luften framför dörren. Klara sväljer ljudligt och knackar. Lika bra att få det här överstökat så snabbt som möjligt.

Inifrån ropar Tinas röst att hon ska komma in.

Klara kliver över tröskeln och sätter sig på stolen mittemot Tina.

Det hårda träet under henne gör ingenting för att minska olusten hon känner inför samtalet. Hon fäster blicken på hyllan med pärmar bakom Tinas huvud och stålsätter sig. Vad mejlet från patienten än gäller kommer hon kunna hantera det.

"Vad bra att du kunde komma, Klara. Jag tänker att vi går rakt på sak. Som jag nämnde igår har jag fått ett mejl från en kvinna som nyligen var inlagd här på BB. Mejlet var delvis riktat till hela avdelningen, men främst till dig."

Tina tittar mot datorskärmen.

"Vänta lite så ska jag ta fram det på datorn, så att jag inte säger något fel. Det stod specifikt i mejlet att hon ville att jag skulle vidarebefordra innehållet till dig."

Hjärtat tickar hårt och snabbt i bröstet och handflatorna känns klibbiga. Allt fokus går till att koncentrera sig på att andas lugnt.

"Här har jag det. Då ska vi se. Kvinnan heter Hanna och låg inlagd på sal tjugofem på grund av blödningar. Du hade hand om henne på ett kvällspass när hon började blöda och fick göra ett akut snitt för ett par veckor sedan. Minns du?" frågar Tina och tittar upp från skärmen.

Det hugger till i magen.

Har Hanna skrivit till hennes chef och klagat på henne? Det som lät som att hon var så nöjd sist de pratade. Klara tänker tillbaka på mötet nere på neo. Kan hon ha misstolkat Hanna på något sätt?

Hon rynkar pannan.

Nej, både Hanna och hennes man uttryckte helt klart sin tacksamhet. Dessutom har hon känt lite extra för Hanna hela tiden, som om de kommit varandra lite närmre än vad hon vanligtvis kommer patienterna. Kanske är det det som Hanna skrivit om. Modet sjunker. Så måste det vara. Hanna har hört av sig för att berätta att Klara var oprofessionell och började prata om sig själv och sitt eget missfall.

Klara vrider händerna i knäet.

"Jag minns både henne och den kvällen mycket väl."

"Vad bra! Hanna är väldigt översvallande i sin hyllning till din insats."

"Hyllning?" Händerna blir blickstilla.

Tina lägger frågande huvudet på sned.

"Ja, hyllning. Hela mejlet handlar om hur nöjd hon är med vården här på BB, och som jag sa, speciellt från dig."

"Åh." Klara ler brett. Hanna har inte skrivit för att påpeka något misstag som hon gjort. Hon har skrivit för att ge beröm.

"Mm, hon skriver att du var mycket lyhörd och att du verkligen tog dig tid till att lyssna på henne. Sedan understryker hon också hur imponerad hon blev över att du tog kommandot över situationen när hon började blöda och hela tiden kändes lugn och trygg i din roll."

Halsen stockar sig och Klara nöjer sig med att fortsätta le.

"Vilket för mig till nästa punkt som jag tänkt ta upp med dig. Positionen som gruppchef."

Pulsen ökar igen. Hon står inte ut med att ha Eva som gruppchef.

"Det här mejlet i kombination med dina egna ansträngningar var precis det jag behövde. Nu känner jag mig helt trygg i mitt beslut att erbjuda dig tjänsten. Om du fortfarande vill ha den såklart?"

"Till mig? Men … jag vet inte om jag gjort ett speciellt bra jobb med att visa framfötterna."

Klara tänker tillbaka på sitt misslyckande samtal med kollegorna när hon bad om att få se bilden på Maggans barnbarn och på försöket att leka charader. Hennes ansträngningar till att ändra på sin personlighet har gått minst sagt trögt.

Tinas tankar verkar ha rört sig i samma riktning. Hon skrattar till.

"För min del spelar det ingen roll om du vill leka charader eller inte. Mejlet från Hanna visar att du kan axla en ledarroll när situationen kräver det och som grädde på moset råkade jag faktiskt höra när jag gick förbi utanför expeditionen hur du sa ifrån till Eva och stod upp för Agnes alldeles nyss. Bra jobbat!"

Klara tittar tomt på henne och hinner inte säga något innan Tina fortsätter.

"Det som fick mig att vilja ge dig jobbet från början är att jag sett hur mycket du bidrar till gruppen genom att göra ett bra jobb och hur du bidrar till en positiv och vänlig stämning här på avdelningen. Du har inte heller några problem med att ta initiativ till förbättringar och faktiskt genomföra dem, som du gjorde med amningsbroschyren. Det är mycket mer värt än att prata högt på ett möte utan att sedan bidra med något mer än tomma ord."

Tina tittar vänligt på henne. "När du väl säger något är det alltid genomtänkt och får allas uppmärksamhet istället för att slänga ur dig en miljon ogenomtänkta åsikter eller bara prata skit om andra."

"Tack. Jag vet inte riktigt vad jag ska säga."

"Säg bara ja."

"Ja! Det är klart att jag vill ha tjänsten."

Klaras leendet är tillräckligt brett för att göra ont i kinderna. Hon fick jobbet! Hon och inte Eva. Och dessutom utan att hon behövde ändra på sig speciellt mycket. Bara våga släppa fram lite fler sidor hos sig själv och flytta fram sina gränser en liten bit.

Och den här befordran är definitivt ett bevis på att hon är bra på sitt arbete. Det kan ingen ta ifrån henne. Inte ens lögnaktiga barnläkare.

Glädjen dränks med ens av att en iskall våg sköljer genom kroppen. Tänk om Rikard berättar om misstaget med provsvaret för Tina och förstör allt.

Vissheten känns med ens stark i hjärtat. Hon måste själv berätta det för Tina. Om det får Tina att ta tillbaka befordran igen så får det vara så. Hon kan omöjligt gå runt och låta Rikard ha en hållhake på henne.

Klara harklar sig.

”Det är något jag måste berätta först.”

Tina ser nyfiken ut, men nickar bara.

”Tidigare i somras jobbade jag ett kvällspass där jag tog ett blodprov för att se om en bebis hade gulsot. Jag blev distraherad och glömde bort att titta på provsvaret. Dagen efter upptäckte barnläkaren på ronden att värdet var tillräckligt högt för att bebisen skulle behöva ljusbehandlas. Vi startade såklart lamporna direkt, men det borde ha gjorts redan kvällen före.”

Tina rynkar pannan.

”Var värdet tillräckligt högt för att bebisen skulle ta skada?”

”Nej då, men det förlängde behandlingstiden eftersom värdet hann stiga mer under natten istället för att sjunka.”

”Det låter absolut som ett misstag som vi vill försöka förebygga. Du skriver väl en avvikelse som vanligt? Så att vi kan se över våra rutiner.”

”Absolut”, intygar Klara. Det är vad hon borde ha gjort från första början istället för att försöka dölja misstaget.

”Då så. Jag är glad att du berättade om det för mig”, säger Tina.

”Så du vill inte ändra dig och befordra någon annan till gruppchef istället?”

Tina ser förvånad ut.

”Självklart inte. Alla kan göra misstag. I vår bransch måste vi bara försöka jobba extra hårt för att göra dem så små och få som möjligt.”

”Tack! Jag är verkligen så tacksam över att du ger mig den här chansen.”

”Det är jag som ska tacka dig, Klara, för att du gör ett så bra jobb och vill fortsätta göra det. Hoppas att du får en trevlig helg nu."

Klara stänger dörren bakom sig och går med snabba steg mot fikarummet. Det enda hon kan tänka på är att få dela sin glädje med någon och det finns bara en person som hon vill berätta för nu genast.

Hon sveper snabbt med blicken över det nästintill tomma rummet medan hoppet sjunker.

De blonda lockarna som aldrig vill ligga stilla lyser med sin frånvaro. Inga isblå ögon fulla av skratt möter hennes. Adam har redan hunnit gå hem.

Snabbt tar hon upp telefonen istället.

K: *Jag fick tjänsten som gruppchef!*

Mobilen plingar direkt av Adams svar.

A: *Såklart du fick. Något annat hade varit otänkbart. Ska jag kalla dig Fru Gruppchef? Ers Excellens Gruppchefen?*

Klara ler och knappar snabbt in ett svar.

K: *Ers kungliga gruppchef duger bra tack, o käre undersåte.*

Det plingar igen.

A: *Skämt åsido. Stort grattis! Det har du verkligen förtjänat. Jag hoppas att du fortsätter få allt du drömt om.*

Klara lägger ner telefonen i fickan igen efter att ha skrivit tack. När hon går mot hisshallen känns stegen tyngre än de borde göra. Varför spritter det inte i kroppen av glädje? Hon fick just det som hon jobbat hela sommaren för att uppnå. Att bli befordrad känns visserligen bra och någonstans djupt ner i maggropen finns de glada känslorna, men det är något annat som känns betydligt mycket starkare. Något som skaver.

Orden från Adams meddelade envisas med att dyka upp igen i huvudet. Allt hon drömt om. Vad är det egentligen? Visst att hon drömde om att bli befordrad, men hjärtats djupaste önskan är något helt annat. Någon att dela vardagen med, som hon kan berätta allt för. Någon som alltid finns där, både i medgångar och i motgångar.

Fingrarna fumlar med kläderna när hon byter om. Hjärnan jobbar på högvarv och har inte tid att koncentrera sig på motoriken medan nya tankebanor formas. Har hon inte redan allt det där som hon drömmer om? Ett par blå ögon, en smilgrop och eviga skämt dyker upp igen medan bilderna av hennes lyckligaste ögonblick det senaste året snabbspolas förbi. Tänk om personen hon så hett önskar sig redan finns i hennes liv, bara det att hon varit för blind för att se det.

Men Adam är fem år yngre än henne och avverkar dejter på löpande band. Är det verkligen så klokt att fortsätta tänka i de här banorna?

Magkänslan skriker ja och en pirrande känsla sprider sig från magen och upp genom bröstet.

Medan Klara börjar cykla hemåt spelas scenerna av henne och Adam upp snabbare och snabbare i takt med att cykelns hjul snurrar allt fortare.

Alla leenden och skratt som de delat, alla långa ranter om jobbpass som varit tuffa och all trygghet. Framför allt är det just det, känslan av trygghet, som dyker upp när hon tänker på Adam. Ända sedan hon började på avdelningen har han varit en lugn hamn i allt det krävande och aldrig ställt några krav på att hon ska vara på något annat sätt än just så som hon är.

Hur har hon kunnat missa de här känslorna som nu bubblar upp mer och mer? Har hon undermedvetet försökt trycka undan dem just för att inte riskera att förstöra något och förlora tilliten och tryggheten i deras relation?

En hög signal ljuder till höger om cykeln. Kroppen reagerar innan hjärnan har hunnit uppfattat faran och handen kniper åt runt handbromsens handtag.

Cykeln slirar till på gruset och stannar en hårsmån från bilvägen hon just varit på väg ut på.

En bil dundrar förbi i hög hastighet och tutar ilsket en gång
till.

Klara väntar tills trafikljuset slår om till grönt och cyklar sista
biten hem på skakiga ben.

Kapitel 43

Klara suckar och trummar med fingrarna mot köksbordets skinande rena bordsskiva. Det finns inte en dammpartikel kvar i hela lägenheten. Till och med hyllplanen i garderoben är nitiskt avtorkade och kläderna tillbakalagda i prydliga högar, sorterade efter både typ av plagg och färg.

Hon kan inte ens ringa sin mamma igen, som ledsnat på hennes omsorger och bestämt hävdar att hon är helt återställd efter hjärnskakningen och inte längre behöver daltas med.

Istället för att kunna slappna av och njuta av ledigheten kryper det i kroppen. Aldrig har en ledig helg känts så lång. En helg där hon är ledig och Adam är på jobbet.

Ju mer hon tänker på sommaren desto tydligare framgår det att det inte är Rikard hon saknar. Att det aldrig var just Rikard hon ville ha. Han var bara den som fick förkroppsliga hennes drömmar. Och det enda som egentligen känns jobbigt nu är sättet det tog slut på. Att få veta att hon bara var en av många.

Medan Rikard svek har istället Adam funnits där genom allt, trots att de blev osams.

Klara kämpar mot impulsen att dunka huvudet mot väggen.

Om hon bara inte varit så tjurskallig hade de kunnat bli sams igen mycket snabbare. Det var hon som avvisade Adams fredsförsök efter Hannas kejsarsnitt och drog ut på det mycket längre än nödvändigt.

Klara fortsätter ströva runt i lägenheten som en osalig ande. Det går inte att få någon ro över huvud taget sedan de nya tankarna på Adam väl fått fäste. Huvudet är en enda röra av känslor.

Hon tar ner favoritkoppen, den blå- och vitrandiga, från hyllan och fyller tesilen med det gröna teet. Köket fylls med ens av doft. En doft av sommar och av sol, smultron och honung. Hon drar ett djupt andetag och tar med tekoppen in till soffan. Efter att ha satt sig tillrätta i soffhörnet och dragit upp benen under sig känns det till slut lite lugnare.

Det här är hennes trygga plats. Här är inga tankar för skrämmande eller för djärva att tänka. Trots allt är det bara tankar och ingenting hon behöver agera på om hon inte vill. Tankarna är fria.

För visst är det väl så att hon känner mer för Adam än vad hon trott? Känner något annat och något mer. Någonting hon känt en längre tid, men inte riktigt vågat släppa fram och erkänna ens för sig själv av rädsla för att bli sårad om han inte känner lika.

Varför skulle Adam jobba natt just den här helgen? Hon måste få se honom för att testa de nya känslorna. Kanske är det bara inbillning.

Hon tar upp telefonen och börjar skriva ett meddelande.

K: *Hoppas att jobbhelgen går bra. Vad sägs om en fika nästa lediga dag?*

Efter nästan en timme och två koppar te senare kommer äntligen svaret.

A: *Absolut! Jag är ledig måndag och tisdag. Hur ser det ut för dig?*

Mobilen slinter ur handen och ner på ullmattan under soffbordet.

Klara plockar upp telefonen och tar ett djupt andetag.

K: *Jag är också ledig på tisdag, så det blir perfekt. Konditoriet kl 13?*

Den här gången kommer svaret direkt.

A: *Perfekt. It's a date.*

Det ilar till i magen innan tankarna hinner i kapp känslorna. Självklart menar han inte dejt som en riktig dejt, utan använde det bara som ett uttryck.

Nu när hon väl tänkt tanken att det kanske finns andra känslor mellan dem än vänskap känns det omöjligt att hålla det inom sig. Ska hon våga prata med honom om det på tisdag? I alla fall försöka sondera terrängen lite och se om han känt något liknande. Bara tanken på det får händerna att knyta sig. Men hon måste våga. Måste våga riskera att bli sårad igen.

Plötsligt är det som om en hink med kallt vatten hälls över henne. Eller i alla fall över hennes känslor. Adam dejtar Malin nu och enligt det senaste Klara hörde verkar det gå riktigt bra för dem. Och även om han skulle sluta träffa Malin har han alltid varit tydlig med att han inte vill ha ett seriöst förhållande utan bara något tillfälligt, vilket är så långt ifrån vad hon själv vill ha som det bara går att komma. Hon vill definitivt ha något seriöst. Helst så seriöst som det bara går. Fast när hon tänker tanken känns det överraskande nog mer frestande att fortsätta vara singel i väntan på att få en chans att utforska de nya känslorna för Adam än att börja dejta främmande personer igen med målet om att hitta Den Stora Kärleken.

Kapitel 44

"Klara, kan du komma över hit en stund?" Agneta tittar på henne från skrivbordet mittemot.

De är ensamma inne på expeditionen och sitter vid varsin dator och dokumenterar det sista innan måndagens jobbpass är avklarat. En dag närmare tisdag.

"Absolut."

Klara reser sig och kommer runt till Agnetas sida.

Agneta tittar sig omkring och ser nöjd ut över vad hon ser.

"Jag ville vänta tills vi var ensam, så att ingen råkar höra." Hon sänker ändå rösten lite till. "Jag har funderat på det här med Rikard. Jag tycker verkligen synd om Lisa."

"Jag med. Speciellt sedan det kom fram att han flirtat med flera andra också", svarar Klara.

"Precis. Skulle du kunna tänka dig att prata med Malin om det här? Så kanske ni gemensamt kunde prata med Lisa."

Klara ryggar instinktivt tillbaka. Prata med Malin? Och med Lisa?

"Nja, jag vet inte."

"Du kan väl fundera lite på det i alla fall? Skulle inte du vilja veta om det vore din man?"

Agnetas röst innehåller inte ett uns av fördömande, ändå sköljer skuldkänslorna över Klara. Självklart skulle hon ha velat veta om hon varit i Lisas skor. Kanske är hon skyldig Lisa att berätta? Hon lovade trots allt aldrig Rikard att hon inte skulle berätta. Och hans hot om att avslöja hennes misstag med provsvaret spelar inte längre någon roll eftersom att hon redan berättat för Tina och skrivit en avvikelse på det.

Klara suckar.

"Okej då."

Som för att hon inte ska hinna ändra sig igen dyker det perfekta tillfället upp bara några timmar senare. När Klara kommer ner till omklädningsrummet står Malin där, bara ett par skåp bort. Hon håller just på att stoppa i fötterna i ett par svarta sneakers.

"Skulle jag kunna få prata lite med dig om en sak?" säger Klara och tittar sig omkring för att försäkra sig om att de verkligen är ensamma i omklädningsrummet.

Malin sätter sig ner på bänken som står i gången mellan raderna av plåtskåp.

"Självklart."

Klara förblir stående. Hon öppnar sitt skåp och börjar planlöst plocka med kläderna där inne. "Eh … du berättade ju förut om att Rikard flirtat med dig på julfesten och att du inte var den enda han gjort så mot …"

"Lägg av! Har han flirtat med dig också?" Malins ögon spärras upp. "Snälla nån, snart kommer jag bli mer förvånad om någon säger att han *inte* har flirtat med henne."

Klara tittar fram ur skåpet. Skammen bränner. Men Malins ord stärker hennes beslutsamhet. Lisa måste få höra hur Rikard är, så att hon får möjlighet att fatta ett välgrundat beslut om hon verkligen vill fortsätta utveckla deras äktenskap och få barn med Rikard eller inte.

"Faktiskt gick han till och med lite längre än så. Ganska mycket längre."

Malin nickar.

"Jag förstår. Vilket svin. Men varför berättar du det här för mig?"

"Jag tycker att han fru, Lisa, borde få veta hur han är. Han har sagt upp sig för att flytta till Stockholm och ta nästa steg till att bilda en familj med Lisa. Jag tycker att hon borde få all fakta först."

Malin snurrar en förrymd hårslinga runt fingret medan hon funderar.

"Jag antar att jag hade velat veta om jag vore hon. Det kanske är en bra idé att berätta. Speciellt om Rikard dessutom ändå har sagt upp sig så vi inte kommer behöva träffa honom igen."

”Då är du med på det?”

”Japp! Fast vänta nu, det beror på vad du tänkt dig?”

”Inget avancerat”, skyndar sig Klara att försäkra. ”Jag tänkte att vi bara kunde skicka ett meddelande? Jag har googlat lite och det var lätt att hitta hennes telefonnummer eftersom hon jobbar som stylist och måste kunna nås av nya kunder.”

”Det låter bra.” Malin tar upp mobilen ur fickan. ”Ska vi skicka från min?”

”Gärna”, säger Klara. Ju mindre hon har som knyter henne till Rikard desto bättre. Nu vill hon bara få det här överstökat för att kunna gå vidare. Och att inte behöva oroa sig över ett potentiellt svar från hans fru underlättar den processen.

”Så, vad ska vi skriva?” Malin tittar frågande upp från telefonen.

”Hmm … något kort och koncist. Vad sägs om: Jag jobbar på Ackis tillsammans med din man Rikard. Jag är verkligen ledsen över att behöva skriva det här, men du måste få veta. Rikard har flirtat, både muntligt och fysiskt med inte bara mig, utan också flera av mina kollegor.”

Malin hummar och skriver under tiden som Klara pratar.

”Men tänk om hon svarar och ställer massa frågor. Det vill jag inte.”

”Vi kan avsluta med att skriva att du inte vill ha någonting mer med det här att göra och att du inte kommer svara om hon försöker kontakta dig.”

”Det låter bra.” Malin skriver en stund till och stannar sedan till med tummen över skärmen. ”Då skickar jag nu?”

Klara sväljer. Är det här rätt eller fel sak att göra? Helt ärligt är hon inte säker på svaret.

Hon nickar.

Malin trycker ett par gånger på skärmen och lägger tillbaka telefonen i fickan.

”Så, då var det gjort. Hoppas att hon allra minst skäller ut honom efter noter.”

Det blir knäpptyst i omklädningsrummet. Klara börjar tömma de stora fickorna på jobbkläderna. Diverse pennor, papper och nycklar hamnar på hyllan i skåpet.

Malin tar väskan från sitt skåp och ser ut att vara på väg därifrån.

Plötsligt känns det viktigt att inte bilden av henne och Rikard är det som snurrar i Malins huvud. Ju mindre Malin funderar på vad de egentligen gjort desto bättre.

Klara hasplar ur sig det första hon kommer och tänka på för att få ett nytt samtalsämne.

"Så, hur går det med Adam?"

Av alla saker hon kunde ha frågat om var hon tvungen att fråga om just Adam. Hur bra deras senaste dejt var är det sista Klara vill höra just nu.

En oväntad känsla, som inte kan beskrivas som något annat än svartsjuka, tuggar igång i magen bara av tanken på Malin och Adam tillsammans. Den här känslan förklarar också varför hon reagerade så starkt både när Agneta berättade att Malin och Adam börjat dejta och när Malin sa att Adam tagit med henne till Miss Voon. Var hon själv undermedvetet svartsjuk redan då?

Malin höjer ett ögonbryn och ser förvånad ut.

"Jag trodde att du hört att vi slutat träffas? Med tanke på att ni stod och kramades när jag kom in i fikarummet häromdagen trodde jag att Adam äntligen hade manned up."

Klaras ögonbryn dras ihop mot näsroten.

"Vad menar du?"

"Jag och Adam insåg snabbt att vi passar mycket bättre som vänner." Hon tittar menande på Klara. "Till skillnad från er två."

När Klara bara stirrar på henne suckar Malin och drar handen genom det lockiga håret.

"Alla som har ögon att se med ser att ni passar perfekt ihop. Förutom ni själva uppenbarligen."

Hon vinkar och börjar gå mot dörren.

Klara höjer automatiskt handen hon också.

När dörren stängs bakom Malin står Klara fortfarande och stirrar in i skåpet utan att se vad som finns där inne.

Har Malin rätt? Men oavsett vad alla andra tycker är det ändå bara Adams känslor som betyder något. Fast kanske är det inte rätt att avslöja sina nya känslor för Adam direkt? Kanske borde hon hålla det här för sig själv ett tag och testa hur det känns när de träffas innan hon gör något överilat och riskerar att förstöra deras fina vänskap.

Oavsett hur det blir med Adam känns det här som början till något bra. Trots att hon fortfarande väldigt gärna skulle vilja uppleva lyckan av att få bilda en familj känns det inte längre som att hon *måste* hitta någon annan för att uppnå den känslan.

Det där med att vara självstående kanske inte är så otänkbart ändå. Är det inte så att hon själv duger mer än väl?

Tryggheten lägger sig till ro i maggropen.

Allting hon åstadkommit hittills i livet har hon gjort själv, utan en man vid sin sida. Självklart skulle hon vara fullt tillräcklig för att kunna erbjuda ett barn en uppväxt fylld av glädje och trygghet.

Kapitel 45

Klara slår upp ögonen. Genast klarvaken trots att hon brukar vara skrämmande morgontrött i vanliga fall. Hon plockar upp mobilen från sängbordet, startar skärmen och stönar. Klockan är bara sju och det är många timmar kvar innan hon ska träffa Adam vid konditoriet.

Klara drar bort det tunna sommartäcket som känns klibbigt och för varmt. Genast svalkar den ljumma brisen från det öppna sovrumsfönstret benen. Efter ett fruktlöst försökt att somna om resignerar hon och drar upp persiennerna och öppnar upp för världen utanför. Hon lägger sig på rygg i sängen och tittar på de vita fluffiga molnen som i sakta mak rör sig över himlen, utan att göra sig det minsta brådska. De smittar av sitt lugn och får ögonlocken att kännas allt tyngre igen.

När hon vaknar ett par timmar senare väntar ett sms från Malin på telefonen.

M: *Jag tänkte att du kanske ville veta att Lisa har svarat på meddelandet. Hon skrev: Tack för att du berättade.*

Klara borrar in sig i kuddarna igen. Kroppen känns med ens lättare. Nu har hon gjort vad hon kan för att sona sitt misstag. Nu är det upp till Lisa om hon vill förlåta Rikard eller inte.

Tankarna på att kunna få utforska en potentiell framtid med Adam känns helt annorlunda än med Rikard. När hon var med Rikard grundade sig känslorna i hoppet och drömmarna – luftslottet – om familjen som han skulle kunna ge henne, medan med

Adam är det istället *honom* som hon är nyfiken på och känner magpirret inför att träffa. Nu känns det viktigare att få utforska det här nya *tillsammans* med Adam istället för att tankarna genast springer iväg mot en framtid med något mer.

Trots att Klara till slut lyckades somna om och sova bort några timmar till går dagen oändligt långsamt och det slutar med att hon kommer till deras vanliga mötesplats alldeles för tidigt och får stå och stirra på den röda träkyrkan i en kvart innan Adam äntligen kommer gåendes.

Han ler brett och stannar framför henne.

Med ens är alla tvivel hon haft som bortblåsta. Hjärtat gör en volt i bröstet och det pirrar ända ner i tårna. Hon behöver inte alls vänta och reda ut sina känslor i lugn och ro. När hon väl öppnat upp sig för möjligheten att kunna ha känslor för Adam istället för att bara se honom som en vän är det som om en mur forcerats och ett hopp glöder djupt därinne. Hon måste berätta för Adam hur hon känner. Något annat vore otänkbart. Men tänk om han inte alls förstår vad hon menar och inte alls känner likadant?

De börjar gå tillsammans mot konditoriet. När Adams varma arm snuddar vid hennes får hon anstränga sig för att inte flämta högt av stöten som går genom kroppen.

Adam tittar på henne och ler mjukt. Kan han ha känt samma känsla som henne?

När de kliver in genom dörren ler tjejen i kassan brett och igenkännande. Det är samma tjej som Adam flirtade med sist de var här och fikade.

Det knyter sig i magen. Det sista hon vill är att tvingas stå här och titta på medan Adam flirtar med någon annan.

Men Klaras oro visar sig vara obefogad. Adam småpratar artigt medan han bestämmer sig för en brownie, men gör ingen ansats till att flirta.

Klara pekar planlöst på en bit chokladtårta. Det spelar ingen roll vad hon tar. Just nu känns det som att hon inte kommer kunna äta ens en tugga. Nervositeten rasar genom kroppen och får stegen mot uteserveringen att kännas skakiga.

"Vilken bra idé att vi skulle fika idag."

Adam lyfter kaffekoppen.

"Vi måste såklart skåla för den nya gruppchefen." Han lyckas träffa hennes tekopp trots att hennes hand får den att darra. "Grattis, Klara!"

De isblå ögonen fångar hennes och vägrar släppa taget. Adams leende falnar och skrattgropen försvinner. Med ens ser han allvarligare ut än vanligt medan deras ögon verkar ha ett eget samtal.

"Tack. Men du, jag skulle vilja berätta en sak", säger Klara.

"Mm?"

"Jag hoppas att det här inte förstör något mellan oss nu. För det är verkligen inte min mening. Du är min bästa vän och jag vill att det ska förbli så."

När hon uttalar meningen känner hon sanningen bakom dem. Adam har långsamt gått från att vara en retsam kollega till att på riktigt bli hennes bästa vän. Kan deras relation fortsätta sin utveckling till något mer? Hon måste våga tro på det.

"Såklart. Du vet att du kan berätta vad som helst för mig. Jag finns här för dig."

Nu får det bära eller brista. Hon måste bara säga det.

"Du är min bästa vän. Men jag tror att jag känner något annat än vänskap också. Något mer."

Klara håller andan.

"Jag förstår vad du menar." Adams leende är nästan blygt när han möter hennes blick.

"Gör du?"

"Om jag ska vara helt ärlig har jag nog känt … något mer för dig ganska länge, men jag har inte velat säga något när du inte verkade känna likadant", säger Adam medan hans kinder färgas lätt rosa. Men ögonen glittrar. "Jag reagerade nog extra starkt när du började träffa Rikard på grund av mina känslor. Jag antar att jag blev lite svartsjuk."

Ett leende formas på läpparna och hoppet spirar i Klaras bröst.

"Malin då? Hon sa att ni slutat träffas."

"Ja, vi gick bara på ett par dejter innan vi båda insåg att vi inte passar som något annat än vänner. Jag tror dessutom att hon genomskådade mina känslor för dig rätt snabbt.”

Klara sträcker instinktivt fram handen över bordet och Adam tar den utan att tveka i sin. Känslan av hur rätt och tryggt det känns är överväldigande. Som att komma hem.

”Om jag bara hade insett tidigare vad jag egentligen känner. Nu har vi ödslat bort jättelång tid på att bara vara vänner.”

Adam skrattar.

”Vad är det för bara med det? Att vara bästa vänner känns som den ultimata grunden att bygga ett förhållande på tycker jag.”

”Ett förhållande?” ekar Klara.

Hörde hon verkligen rätt? Adam som alltid hoppat från tjej till tjej och aldrig velat ha något mer seriöst än så.

”Ja, ett förhållande. Jag har bara inte träffat rätt tjej tidigare. Ingen jag känt att jag vill ha något seriöst med. Men nu hoppas jag att jag har det.”

Han stryker med tummen över hennes handrygg.

”Så, vad säger du, ska vi ge det en chans och se vart det leder?”

Munnen vägrar forma något annat än ett stort leende, så Klara nöjer sig med att nicka.

Kapitel 46

Det har varit ett ovanligt lugnt dagpass och det är ett stort gäng som sitter i fikarummet och njuter av en fika innan de ska gå hem för dagen.

Klara förser sig med en bit kladdkaka som Gunilla har bakat. Efter att ha lagt till en generös klick vispgrädde uppepå går hon mot fåtöljen bredvid soffan. Men halvvägs ändrar hon riktning och sätter sig istället på den lediga platsen vid mitten av det långa bordet, mellan Maggan och Agneta.

Gunilla avslutar precis en berättelse om sin katt och börjar treva med händerna runt assietten med kladdkaka.

"Men vart har min sked tagit vägen?"

"Den ligger ju där. Precis bredvid ditt glas."

Maggan pekar och låtsas sucka uppgivet.

Gunilla lyser upp och hugger in på kakan.

Ett minne dyker upp i huvudet på Klara. Det här måste hon komma ihåg att berätta för Agneta när de andra har gått. Fast nej, varför ska hon vänta?

"När jag jobbade som sjuksköterska på en annan avdelning satt vi och åt lunch en dag när en av mina kollegor plötsligt stannade upp mitt i en tugga. Hon tittade förvirrat ner bredvid tallriken och såg besticken som hon tagit fram ligga orörda bredvid tallriken. Ni skulle ha sett minen i hennes ansikte när hon insåg att hon ätit med bestick som någon annan hade glömt kvar på bordet efter att ha ätit sin lunch med." Klara fnissar och snart skrattar alla runt bordet.

"Fy tusan! Jag är glad att det inte var jag", säger Maggan.

"Ja, hu! Även om jag tycker väldigt bra om er allihop sträcker det sig inte tillräckligt långt för att vilja dela bestick", instämmer Gunilla.

"Äsch, några begagnade bestick med lite intorkat saliv på har väl ingen dött av", säger Klara och de andra skrattar medan Agneta låtsas bli illamående.

Klara tittar sig runt omkring. Kan det här vara starten på hennes nya idé om att vara personlig men inte privat?

Malin sticker in huvudet genom dörren.

"Klara, kan du komma ut i korridoren. Det är någon här som söker dig.

Klara reser sig dröjande. Vem kan det vara som söker henne här? Det kan väl inte vara Rikard? Hon slår snabbt bort tanken. Malin känner ju till deras historia nu och skulle ha varnat henne om det vore så.

När Klara kommer ut i korridoren ersätts nervositeten av glädje. Det är Hanna som står där, med lilla Edwin i ett babyskydd bredvid sig på golvet.

"Hej! Ursäkta att jag stör dig så här på jobbet."

Hanna tittar sig urskuldande omkring.

"Det är absolut ingen fara. Det är bara kul att se dig. Och Edwin också såklart." Klara böjer sig ner och tittar på Edwin. "Han har växt jättemycket sedan jag var nere på neo och träffade er."

Hanna skiner upp.

"Visst har han. Vi blev precis utskrivna och jag tänkte att jag omöjligt kunde åka hem utan att säga hej då till dig." Hon skrattar till. "Så, hej då."

"Jag är verkligen glad över att ni kom förbi. Hoppas att ni får det bra där hemma."

Hanna tar upp babyskyddet och börjar gå mot ståldörrarna.

"Hanna, vänta."

Klara tar några steg framåt. Om hon ändå tänker våga sig på nya saker idag kan hon lika gärna fortsätta att utmana sig själv.

"Om du vill kanske vi skulle kunna ses över en fika eller något framöver?"

"Det vill jag jättegärna. Vad kul att du frågar."

226

Efter att de utbytt nummer vinkar Hanna hejdå medan Klara går in i fikarummet igen och ställer tekoppen i diskmaskinen innan hon går ut samma väg som Hanna och tar hissen ner till kulverten.

När hon bytt om och kommer ut från omklädningsrummet står någon lutad mot väggen mittemot och väntar på henne. En stöt av lycka går genom kroppen.

Smilgropen är ännu tydligare än vanligt när Adam ler brett.

"Ska vi göra sällskap hem?"

Foto: Oskar Berglund

Jennifer Berglund, född 1991, är en svensk författare från Uppsala. Hon är utbildad barnmorska och debuterade som författare 2021, med en feelgoodroman.

Berätta gärna vad du tyckte om boken:

@jenniferberglund_forfattare på Instagram

http://www.jenniferberglund.se